CONTES

EN VERS

EXTRAITS DES MANUSCRITS

DU RÉVÉREND PÈRE GRISBOURDON

Cordelier

RECUEILLIS ET PUBLIÉS

PAR ALFRED DE CORVAL

PARIS

LIBRAIRIE INTERNATIONALE

15, BOULEVARD MONTMARTRE

A. LACROIX, VERBOECKHOVEN ET Cie, ÉDITEURS

A BRUXELLES, A LEIPZIG ET A LIVOURNE

—

1868

CONTES EN VERS

IMPRIMERIE J. CLAYE
RUE SAINT-BENOIT 7

LABOR

PARIS

C.

CONTES

EN VERS

EXTRAITS DES MANUSCRITS

DU RÉVÉREND PÈRE GRISBOURDON

Cordelier

RECUEILLIS ET PUBLIÉS

PAR ALFRED DE CORVAL

PARIS

LIBRAIRIE INTERNATIONALE

15, BOULEVARD MONTMARTRE

A. LACROIX, VERBOECKHOVEN ET Cie, ÉDITEURS

A BRUXELLES, A LEIPZIG ET A LIVOURNE

1868

PRÉFACE.

Si, comme nous l'espérons, ce petit recueil est favorablement accueilli du public, nous donnerons la suite des contes et poésies du R. P. cordelier Grisbourdon, dont ceci n'est que le prélude. — C'est surtout dans les monastères où rien ne vient distraire de l'étude, que l'on travaille vite et bien : ainsi, dans le silence du cloître, notre ancien ami Grisbourdon rappelait tous ses souvenirs de jeunesse et les transcrivait en vers pour le plus grand profit des lecteurs.

Quelques instants avant l'heure qui l'enleva à ses occupations, il nous fit appeler. « Ami, nous dit-il, en nous confiant tous ses manuscrits, voilà ce qui charmait mes loisirs dans cette solitude. Lisez tous ces papiers. J'espère qu'ils vous divertiront et que vous ne trouverez point ces

1

vers indignes d'être lus par un public éclairé. Si vous les jugez bons, soyez leur protecteur; qu'ils vous doivent le jour et le succès : ce sont mes enfants, je vous les confie. »

Ami de l'auteur, il ne nous appartient pas de faire ici l'éloge de ce livre, et nous le mettons simplement sous la protection du lecteur judicieux qui aime la franchise, la gaieté et les bons vers, espérant qu'il en sera pleinement satisfait.

Tout le monde ne lit point les éloquentes homélies des prédicateurs de notre époque. C'est fâcheux, et l'on en convient, mais à qui la faute? Ne serait-ce point celle de ces auteurs qui ne veulent rien céder au goût d'une époque, et qui lancent vainement, à tort et à travers, des déclamations sublimes, mais fades?

L'auteur de ce volume, le R. P. Grisbourdon, pour faire goûter ses préceptes, a cru devoir les servir au public en ragoûts épicés et peut-être un peu forts. Ce n'est pas sa faute, mais celle des mœurs de notre siècle. Que les lecteurs sérieux le lui pardonnent en faveur des moralités qu'ils trouveront partout répandues dans ces contes à côté de la satire du vice. Le seul moyen

de vulgariser les idées utiles, c'est de les présenter d'une façon attrayante ; il faut enduire de
miel les bords du vase qui contient le remède,
semer de roses le chemin rocailleux. C'est ce que
notre ami a très-bien compris, et en faveur de
quoi on doit lui pardonner certain dévergondage,
de contes et de style.

Si pourtant quelques faux zélés s'acharnaient
contre cet innocent badinage, nous leur dirions :
Expliquons-nous, messieurs. Que reprochez-vous
à notre auteur? Est-ce de couvrir de fleurs ses
préceptes? — Mais sans cela personne ne les
lirait et ils auraient le sort des vôtres, qu'on voit
éclore si nombreux et se faner encore plus vite.
Voudriez-vous donc éteindre jusqu'aux moindres
lanternes? J'ai cru entendre parmi vous quelques
récalcitrants un peu plus raisonnables me crier :
Non, non, ce n'est point l'enjouement que nous
reprochons à ce diable de Grisbourdon; passe
encore pour les fleurs, mais pourquoi a-t-il toujours l'air de douter? — Eh! quoi! serait-il bien
possible! vous osez blâmer aussi le doute, dont
nous ne pouvons nous défendre sur certaines
questions qui sont loin d'être éclaircies! Nous

serons francs : eh! messieurs, où est le mal de
douter? Le doute n'est-il pas le commencement
de la sagesse? *Ergo,* diraient les doctes, il vous
appartient de ne douter de rien! Mais que le
public nous montre autant d'indulgence que nous
sommes assurés de trouver chez vous d'intolé-
rance, et nous ne nous plaindrons point.

Réfléchissez d'ailleurs, hommes trop zélés! Que
feriez-vous en attaquant cet ouvrage dont le grand
tort, à vos yeux, est d'être franc, libre, enjoué?
C'est un de vos confrères qui l'a écrit et... rap-
pelez-vous le proverbe fameux dans l'école.
Soyez donc un peu révérencieux, ne fût-ce que
pour la forme, envers le révérend père cordelier
Grisbourdon. Les loups ne se mangent pas entre
eux, mes bons amis.

A. DE CORVAL.

CONTES

INTRODUCTION.

Contes ne sont ce qu'un vain peuple pense :
OEuvres d'opprobre et d'immoralité;
Si l'on badine avec quelque licence,
Si l'on y pense en toute liberté,
Si de la vie on montre la science,
C'est sans danger auprès de la gaîté.
Le trait moral en est bien mieux goûté :
Honni soit donc celui qui mal y pense! —
Un jour, assis à l'ombre d'un ormeau,
Cette pensée occupait mon cerveau,
Et je cherchais un conte tout nouveau,
Plein d'intérêt, joyeux, anti-dévot,

Pour la prouver et vous faire sourire.
Il m'en vint un qui tant prêtait à rire
Que je ne pus, sur le point de conter,
D'un rire fou m'empêcher d'éclater.
A mes côtés, un petit personnage
M'accompagna de son ricanement,
Rire sinistre et digne de Satan.
Je me tournai; quand je vis son visage
Hideux, difforme et tout ensanglanté,
Et son regard sur le mien arrêté,
Je reculai dix pas, épouvanté,
Et je lui tins à peu près ce langage :
« Es-tu Satan, de l'Enfer échappé,
J'avais toujours nié ton existence,
Monstre, réponds, me serais-je trompé? »
Il repartit d'un ton de suffisance :
« Comment, maraud, tu ne me connais pas?
Je suis pourtant bien puissant ici-bas. »
Puis ricanant, il dit avec cynisme :
« Connais-moi donc, tu vois le Fanatisme.
Je suis du monde un fougueux ennemi;
A moi l'on doit la Saint-Barthélemy,
Les protestants proscrits, les dragonnades,

Torquemada, les sanglantes croisades,
Où, seul, j'armai des milliers de soldats
Que j'égorgeai dans les plus saints combats.
Seul, j'allumai les feux des catholiques;
Seul, je brûlai les juifs, les hérétiques;
Seul, je voudrais régir le monde entier,
Tout massacrer, brûler jusqu'au dernier.
Voltaire, armé de la philosophie,
Voulut un jour me' livrer au trépas;
Je suis sorti malade de sés bras,
Mais cependant je suis encore en vie.
Je guérirai par l'aide de Jacquot,
Mon médecin, aussi bien que Veuillot.
Dans tes écrits, tu braves, téméraire,
Les traits brûlants de ma juste colère;
Mais je serai sans pitié ni pardon
Si tu répands tes contes, Grisbourdon.
De tant d'ennuis je poursuivrai ta vie,
Qu'au moribond tu porteras envie.
Tu m'as compris, n'est-ce pas? — Oui, très-bien!
Ah! scélérat, monstre, brigand, coquin! »
Criai-je enfin, à bout de patience.
D'un bond alors contre lui je m'élance,

Et... je m'éveille après un songe affreux !
Je ne vois plus le monstre sous mes yeux ;
Mais c'est égal ; je crois que la prudence
Me dit tout bas d'écouter son avis,
Et de garder en secret mes écrits
Jusqu'à ma mort. Lors un ami fidèle
Les publiera, car je connais son zèle.
De l'autre monde alors je distrairai
Par mes écrits un public éclairé,
Et, désormais à l'abri de l'orage,
De la clameur des dévots je rirai.
Le fanatisme en frémira de rage,
Ce que voyant, tout bas chacun dira :
Si Grisbourdon un seul instant fut sage,
Certes ce fut de fuir tout ce bruit-là.

II.

LA RÉPUTATION DE JEANNETON.

Dans le pays qu'on nomme Normandie,
La race n'est nullement engourdie.
A qui le voit pour la première fois,
Je le sais bien, le visage iroquois
Du bon Normand à face pateline,
Le fait juger continent sur la mine.
C'est une erreur; messieurs, rectifions.
Jamais, jamais, sans préparations,
Malgré son air et sa mine hypocrite
Je ne voudrais lui donner le bon Dieu.
Le diable un jour, dit-on, se fit ermite :
Depuis, je crois qu'il réside en ce lieu,
Et du Normand s'est fait un prosélyte.
Chacun, chez eux, s'asperge d'eau bénite :

En les voyant on les croirait des saints;
Ils ont l'air doux et la voix mielleuse,
Les yeux cagots, la face doucereuse,
Mais ce ne sont que simulacres vains.
Ils font leurs coups, et c'est à la sourdine.
J'aime bien mieux une mine lutine
Qui parle franc, que ces tartufes-là. —
Au fait! au fait! — Oui, messieurs, m'y voilà.
Est-il besoin maintenant que je die :
La scène était dans cette Normandie.
C'était, je crois, dans la ville de Caen,
Peut-être bien dans celle de Rouen.
Un mien ami m'a conté cette histoire,
Elle est exacte et vous pouvez m'en croire.
Il voyageait dans le pays normand
Pour visiter les nombreuses merveilles
Dont on avait rebattu ses oreilles;
Il ne trouva que désappointement.
Se pouvait-il qu'il en fût autrement?
Dans son hôtel était une servante
D'une beauté rare, resplendissante :
Sa lèvre rose était appétissante,
Et mon ami ne trouva rien de mieux,

Dans le pays, que la belle aux doux yeux.
« Puisque je suis, dit-il, en voyage,
Je veux aller visiter le rivage
Cythéréen, auprès de Jeanneton. »
(C'était le nom de cette margoton.)
Il fait sa cour alors à cette belle,
Craignant beaucoup de la trouver cruelle,
Car la candeur logeait dans sa prunelle.
Mais point ne fut comme il s'était prédit:
A ses soupirs Jeanneton se rendit,
Sans opposer un vigoureux courage,
Et ce ne fut point lui qui la perdit.
Malgré son air si pudique et si sage,
Ce n'était pas son coup d'apprentissage.
Au voyageur enfin elle promit
Que dans sa chambre il serait introduit
Quand tout repose, au milieu de la nuit.
« Au rendez-vous, ami, soyez fidèle,
Mais évitez surtout le moindre bruit,
Car si chez moi l'on vous savait, dit-elle,
Que deviendrait la pauvre Jeanneton?
De sa conduite, ah! que penserait-on? »
Au rendez-vous de manquer il n'eut garde;

Il monte vite en évitant le bruit,
Mais en sa route il heurte par mégarde
Dans l'escalier quelqu'un qui vite fuit.
Ce contre-temps n'arrête point sa marche.
On n'y voyait pas plus que dans un four;
Las! il trébuche en manquant une marche,
Et fait un bruit à réveiller un sourd.
En tâtonnant, malgré la nuit si sombre,
Il trouve enfin le réduit écarté ;
L'Amour alors le conduisait dans l'ombre
Vers Jeanneton et la félicité.
Mon amoureux déjà tout plein d'ivresse
Arrive au lit, découvre les appas
De Jeanneton, et tendrement vous presse,
En se pâmant, la belle dans ses bras.
Respecte, Amour, tous leurs joyeux ébats!
Pendant qu'ainsi chacun d'eux s'abandonne
Aux doux plaisirs que l'un à l'autre donne,
Quand on verrait l'univers chanceler,
Le monde entier avec fracas crouler
Aucun des deux ne quitterait sa place.
Ah! qui voudrait, dites-moi, les troubler,
Sur leurs plaisirs tomber en lourde masse?

Je vois pourtant glisser le long des murs
Un être humain. Les corridors obscurs
Lui sont connus, car il avance vite.
Dans le réduit de nos deux amoureux,
Sans hésiter, droit il se précipite,
Et dans le lit vient se mettre près d'eux.
C'était, lecteur, un muletier fidèle
Du nom de Jean. Des faveurs de la belle
Depuis longtemps on dit qu'il jouissait,
Et rarement une nuit se passait
Sans qu'il s'en vînt visiter sa brunette.
Or il était, ce jour-là, pour emplette
Allé courir pour son maître, et devait
Coucher au loin; et c'est ce qui faisait
Qu'en sûreté Jeannette recevait
Le voyageur dans son humble chambrette.
Et puis, messieurs, aux belles fiez-vous!
Tout confiants allez aux rendez-vous!
Jean avait cru causer à sa promise,
Venant plus tôt, une bonne surprise,
Et c'est pourquoi nous l'avons vu glisser
Près de la belle, en son lit se placer.
Que devint-il, quand il la trouva double?

Ah! je crois voir sa colère et son trouble! —
Il n'en croit pas d'abord ses sens troublés.
Mais ses esprits sont enfin rassemblés;
L'illusion à lui n'est plus permise :
Un homme est là, sur sa chère promise.
Son bras nerveux de fureur le saisit,
Et tous les deux vont rouler hors du lit.
Sans perdre temps une lutte s'engage:
Les combattants se frappent avec rage.
Tout leur est bon : les chaises sont lancées,
Puis les débris des tables renversées,
Et les fragments des cuvettes brisées.
Pendant qu'ainsi, nageant dans les débris,
Nos deux lurons sont de coups tout meurtris,
La belle au lit est le très-digne prix
Que chacun d'eux dans la terrible lutte
Avec ardeur et défend et dispute.
Pareillement combattent dans les champs,
Pour un sérail, deux coqs fiers et brillants.
Leur crête rouge est de fureur dressée,
Leur bec ouvert et leur plume hérissée.
De mille coups ils sont ensanglantés
Sous les regards des poules, leurs beautés,

Jusqu'à l'instant où l'un des deux succombe,
Et son rival chante alors sur sa tombe.
C'était ainsi que chaque champion
Faisait merveille auprès de Jeanneton.
Plus fortement enfin ils se saisissent,
Et leurs thorax sous les coups retentissent
Comme deux peaux bien roides de tambours.
Les antres creux de la sibylle antique
Retentissaient jadis de bruits moins sourds.
Les fiers boxeurs du pays britannique
Luttent ainsi sur la place publique :
Amusement de mode et de bon ton,
Très-fort goûté du peuple d'Albion.
L'hôte, l'hôtesse, et toute la famille,
Et les valets, et la petite fille,
Montent au bruit, suivis des voyageurs.
Ils étaient tous dans le simple équipage
Que pour dormir chacun garde d'usage :
C'était un gai tableau pour les rieurs.
Une beauté découvrait ses gros charmes,
Ce qui causait du mari les alarmes.
Une autre était en simple pantalon ;
Ce freluquet n'avait qu'un caleçon ;

Le plus grand nombre, il faut que je le dise
Pour être vrai, n'avait qu'une chemise
Et quelquefois un bonnet de coton.
Que deviendra, ma pauvre Jeanneton,
Dans un instant, ta réputation?
Mais moins que moi ce souci t'embarrasse;
Dans le péril tu montres de l'audace! —
On opéra la séparation,
Et nos lutteurs, mis à la question,
Doivent donner une explication.
« De ce tumulte, allons, quelle est la cause? »
Dit l'hôtelier. Mais aucun des deux n'ose
Répondre un mot. « Eh! mais! dit Jeanneton,
C'est ce Gros-Jean qui, me sachant seulette,
Tout doucement entrait dans ma chambrette.
Il en voulait, bien sûr, à ma vertu.
J'ai tant crié que monsieur est venu,
Et que Gros-Jean vient d'être bien battu. »
Jean veut en vain montrer son innocence;
De la vertu Jeannette a l'apparence,
Et contre lui pour elle on s'éleva.
Par ce moyen la belle se sauva
Et d'un affront son honneur préserva.

Et croyez donc à la vertu des filles !
Surtout, messieurs, quand elles sont gentilles !
On força Jean d'épouser Jeanneton,
Pour réparer sa faute, lui dit-on !
Si Jean le fit, il fut trop bon garçon.
Mais désormais, instruit par cet exemple,
Mon vieil ami plus jamais ne contemple
A son hôtel un minois de tendron.
Quelqu'un lui dit : « C'est à tort. — Allons donc ;
Toujours leur cœur est une hôtellerie ;
Chacun y peut pénétrer aisément ;
La place est vaste et n'est jamais remplie,
Il y pourrait, hélas ! tout un couvent !
Mais on y voit mauvaise compagnie. »
Est-ce l'effet de son ressentiment ?
A-t-il raison ? — dites-le franchement.

III.

LE PARI.

Savez-vous bien ce que c'est qu'un couvent?
Des murs plus froids que le marbre des tombes,
Où sont plongés, vivantes catacombes,
Tous les humains qui forment le serment
De s'enfermer dans une nuit profonde,
De vivre au sein de l'égoïsme immonde,
Sans nul souci de leurs frères du monde;
Un chancre affreux, voilà le plus souvent
Ce qu'on revêt de ce nom de couvent.
Quand donc naîtra parmi nous un Hercule
Pour terrasser cette hydre ridicule?
Mais arrêtons mon coursier trop fringant!
Qu'ai-je donc fait? J'ai médit du couvent!
Ah! malheureux, quelle est donc ma folie?

Et je suis jeune, et je tiens à la vie!
N'ai-je pas vu que la troupe en furie
Des cléricaux a le regard sur moi,
Que leur prunelle au loin porte l'effroi?
Pardon, messieurs, voyez, je me rétracte;
Du repentir sincère tenez acte.
Pour vous prouver que je suis converti,
Otons d'abord tout ce que j'avais dit;
Puis ajoutons que le cloître est la route,
Le vrai sentier de la céleste voûte;
Qu'il est peuplé de moines toujours saints,
Qui n'ont plus rien des défauts des humains;
Que l'on y tend (pour donner!) les deux mains!!
Puisque j'ai fait cette amende honorable,
Chers cléricaux, que chacun soit traitable.
Accordez-moi de votre air tendre, aimable,
De vous parler d'un temps (très-ancien temps)
Où l'on voyait quelques mauvais couvents.
Allons, messieurs, soyez accommodants :
C'est dans ceux-là seulement que ma muse,
Petite folle, et se rit et s'amuse. —
Voici le fait : Dans l'un de ces couvents
Hantés jadis de moines bons vivants,

On admirait surtout un certain couple.
Pour le plaisir nul n'était aussi souple
Que Garassot ou frère Rondelet.
Dans le couvent un tour était-il fait,
L'on était sûr que chacun en était.
Ils unissaient leurs ruses mutuelles
Soit pour piller la cave et le buffet,
Soit pour franchir sur de longues échelles,
Pendant la nuit, le mur qui séparait
Ledit couvent de la ville et des belles,
Que tous les deux s'en allaient visiter
Sur les minuit. — Car, au plaisir fidèles,
De cet instant ils savaient profiter.
Quand ils avaient terminé leurs folies,
Ils se hâtaient au couvent de rentrer,
Et comme un orgue on les voyait ronfler
Pendant la messe, aux vêpres, aux complies.
Ce ronflement pas ne les trahissait,
Car chaque moine, en sa béatitude,
Au saint office en avait l'habitude.
L'accord du reste était le plus parfait,
Et ce doux bruit vers les cieux s'élevait
Comme un encens de cette gratitude

Qu'ils portaient tous à qui les nourrissait
Oisifs, heureux, et sans inquiétude.
Souvent, dit-on, même après le prélude,
Le prêtre qui chez eux officiait,
Bercé du bruit, s'étirait et bâillait,
Puis comme un chantre avec eux il ronflait.
N'en doutez point, si du haut de la voûte
Des cieux alors le bon Dieu les voyait,
Comme un bossu, bien sûr, il en riait. —
Mais il est nuit, nos moines sont en route,
Laissons cela; suivons-les, s'il vous plaît.
Un soir, pendant leur nocturne équipée,
Comme ils marchaient à pas précipités,
D'où vient que, tout à coup épouvantés,
Nos deux coureurs se sont vite arrêtés?
De Damoclès ont-ils donc vu l'épée?
Non! — Ils ont vu le prieur du couvent
Le long des murs se glisser doucement,
Frapper trois coups légers au contrevent
D'une maison... et puis à la fenêtre
Une beauté tout aussitôt paraître
A ce signal qu'elle semble connaître. —
« Ventre de biche! en croirai-je mes yeux ?

Dit Rondelet, de ce fait tout joyeux ;
Notre prieur a donc une maîtresse,
Et c'est ainsi qu'il va chanter la messe
Dans le couvent voisin? Est-il permis !...
Quoi! le pauvre homme, à son âge il se damne
Sans nul profit! Et que Dieu me condamne
Si je ne crois qu'ici nous sommes mis
Sur son chemin pour lui venir en aide!
Il faut qu'à l'un de nous la fille cède!
—Très-bien parlé, lui répond Garassot;
Celui des deux qui sera le moins sot
Avant huit jours doit goûter au morceau:
— C'est convenu; parions dix bouteilles,
Un bon dîner et deux nymphes vermeilles,
Qu'à la huitaine un de nous deux paîra
A celui qui de nous l'emportera. »
Huit jours après, la face radieuse,
Se rencontrant : « L'aventure est heureuse
Pour moi, dit l'un, la belle m'a cédé.
— A moi, dit l'autre, elle a tout accordé.
— La preuve? ami, demande Rondelet.
— Écoute donc, je détaille le fait.
Pendant la nuit que je passai chez elle,

Le prieur vint; et caché par la belle
Dans une armoire à droite de son lit,...
— Tout comme moi! — Je l'entendis lui dire :
« Bonjour, gros chat. » — C'est assez, mon ami,
Dit Rondelet en éclatant de rire;
Je prouve aussi; la belle répondit :
« Viens dans mes bras, mon beau loulou chéri.»

Sur ce, tous deux en riant s'embrassèrent,
En se jurant une étroite amitié,
Et l'un et l'autre on dit qu'ils se trouvèrent
Dignes vraiment de rester de moitié,
Soit qu'il s'agît de courir à Cythère,
Chez le prieur ou dans une autre terre.
Quant au dîner qu'ils avaient parié,
Comme ils avaient tous les deux bien gagné,
Vous pensez bien qu'il ne fut point rogné :
On en fit deux; voilà toute l'affaire.

IV.

UNE NUIT AGITÉE.

« Sexe volage, infidèle et perfide,
A tes penchants abandonnant la bride,
Femmes, tyrans plus cruels mille fois
Que les lions, les tigres et les rois,
Pourquoi faut-il qu'un dur lien m'engage
Dans tes filets! Je voulais être sage;
J'avais juré d'éviter à mes jours
Tous les tourments, tous les feux des amours.
J'avais compté sans toi, belle marquise;
Quand tu parus, mon âme fut soumise,
Ainsi qu'on voit se courber sous la brise
Qui vient rider la surface des eaux,
La tige molle et faible des roseaux.

Depuis ce jour, à tes pieds je soupire,
Et tu te ris, folle, de mon martyre.
Jusqu'à présent je n'ai pu t'ébranler,
Mais ne crois pas qu'amant sot et fidèle,
Si tu ne peux des mêmes feux brûler,
De vains soupirs je t'assiége, ma belle !
Femme qui veut longtemps rester cruelle,
Qui se refuse à couronner mes vœux,
Par sa froideur toujours éteint mes feux. »

Ce fier discours, tout rempli d'arrogance,
Fut prononcé d'un air de suffisance
Par de Marcy, ce galant chevalier,
Qui n'avait pu vaincre la résistance
Qu'un tendre objet lui venait opposer.
Dans ce cas là, dame ! il faut tout oser.
Il savait bien, au surplus, le volage,
Ce que nous dit un proverbe très-sage :
Poursuivez femme, hélas ! elle vous fuit,
Mais fuyez-la, la belle vous poursuit.
Saint-Ange était le nom de la marquise
Qui méritait du héros l'entreprise.
« Ah ! chevalier ! ingrat, ingrat amant,

Que ton discours vient causer mon tourment!
Dit la marquise. On ne t'a vu rien faire
Pour me prouver ton amour et me plaire.
— Parlez, marquise; un seul mot, me voici!
Demandez-moi le plus grand sacrifice,
J'obéirai, lui répond de Marcy,
Mais à mes vœux soyez un peu propice.
Depuis le jour heureux où je vous vis,
Vous le savez, marquise, je languis.
— Mon chevalier, pour répondre à ta flamme,
Je veux avant bien éprouver ton âme.
— Dites, marquise, où me faut-il courir?
Vous me verrez prêt à vous obéir.
Faut-il braver la mort dans la tempête?
Aux champs de Mars faut-il porter ma tête,
Ou provoquer en duel dix amants
Ou cent maris cocus, mais assommants?
— Des vrais amants, j'aime à vous voir ce zèle.
Bien, chevalier, vous êtes un modèle!
Écoutez donc le service important
Que je demande. Oh! je ne veux pas tant!
J'ai pour amie une femme sensible.
Depuis longtemps elle vivait paisible,

Mais ses parents lui donnant un époux
Brutal, hargneux et, de plus, très-jaloux,
Ont fait ainsi le malheur de sa vie.
Le tendre amour s'est mis de la partie.
La belle adore un jeune homme charmant,
Sensible et bon, mais très-entreprenant.
Elle voudrait, pour lui prouver sa flamme,
S'abandonner à lui tout corps et âme
Pour une nuit, et nous comptons sur vous
Pour prendre place à côté de l'époux.
Car cet époux, réglé comme une montre,
Se couche tôt, dort et jamais ne montre
A sa moitié son amoureuse ardeur :
Tous les maris, hélas! ont peu de cœur.

Donc, quand la nuit couvrira de son ombre
Ledit mari dans son alcôve sombre,
Tout doucement vous serez introduit
Entre les draps, dans le lit, près de lui.
Le dos tourné par devers la muraille,
Il dort et ronfle, et jamais ne travaille.
En vous tâtant, sa femme il vous croira.
Et jusqu'au jour, tranquille, dormira.

Et puis avant que l'aurore ne chasse
Le doux sommeil, l'épouse reviendra
Vous délivrer et reprendre sa place.
L'époux jaloux n'en saura jamais rien.
— Bravo, marquise! Ah! quel joli moyen!
Sexe charmant, vous connaissez trop bien
L'art de séduire et de tromper le mien!
Puisqu'il le faut, marquise, pour vous plaire,
Le cœur contrit, je suis prêt à tout faire,
Pieds et poings liés vous disposez de moi.
Amour, amour, la faute en est à toi! »

Le chevalier, des amants le modèle,
Fut obligé, pour démontrer son zèle,
D'exécuter, le soir, exactement,
Ce qu'il avait promis légèrement.
Ah! mes amis, position fâcheuse!
Et circonstance encor plus malheureuse,
Il lui sembla que le mari n'avait
Point de sommeil, et toujours remuait.
Vous pensez bien que mon héros tremblait,
D'aucuns ont dit pour l'honneur de la dame.
Il se sentait au cœur comme une lame

Et se disait en soupirant tout bas :
« Je jure bien qu'on ne m'y prendra pas
Une autre fois. » Mais le destin contraire
Lui préparait une bien autre affaire.
Pendant qu'ainsi, plein de contrition,
Il s'abandonne à la réflexion,
Il arriva que les coussins craquèrent,
Puis deux grands bras tout son corps enlacèrent
Et sur son front deux lèvres se posèrent!
Avouez-moi qu'en telle occasion
Ainsi que lui vous auriez le frisson.
Le chevalier, perdant son peu de tête,
Saute du lit; mais la porte l'arrête,
Car par malheur tout était bien fermé.
Par la fenêtre il eût certes sauté,
Quand tout à coup un franc éclat de rire
Part de l'alcôve, et semble alors lui dire
Que l'on se rit d'un trop crédule amant.
Il se retourne, approche doucement,
Il aperçoit, sur le lit étendue,
Une beauté folâtre, demi nue :
« C'est vous, marquise? Ah! que vous m'avez fait
Terrible peur! — Je le vois, en effet,

Dit la marquise... Allons, mauvais sujet!... »

. . . .

Ma foi, lecteur, du 'moins, j'aime à le croire,
Vous devinez le reste de l'histoire.

V.

LE COCU COMPLET.

Un jeune amant est toujours plein d'adresse,
D'activité, de ruse, de souplesse,
Quand il s'agit de tromper un mari;
Et le tour fait, chaudement il en rit.
Pour arriver au but de sa tendresse,
Pour soulever toute difficulté,
Vous le voyez surpasser en finesse
Certains maris en imbécillité.
Dût le public me lancer l'anathème,
Je vais broder un conte sur ce thème.
Connaissez-vous madame de Néris?
Elle a les yeux et la mine lutine,
Le pied petit, la taille ronde et fine,
Le teint plus frais que la rose ou le lis.

3

Dorval en est éperdument épris.

De ce, lecteur, ne sois point trop surpris.

Un frais minois est le piége où le sage

Vient trébucher; et ton cœur, je le gage,

Quand il serait de fer tout cuirassé,

De son regard se sentirait percé.

Qui la connaît le comprendra sans peine.

De son côté, la belle aussi l'aimait,

Mais de l'hymen elle portait la chaîne,

Et son mari sur sa vertu veillait

Mieux qu'un Argus, car jaloux il était.

Mais las ! que sert la triste jalousie?

Quoi qu'il arrive, elle ne remédie

Jamais à rien. — Elle ronge le cœur;

Et puis tandis qu'elle infecte la vie,

Souvent par elle un amant est vainqueur :

En s'opposant à l'amour, on l'irrite;

Il croît, grandit, n'en marche que plus vite.

Voilà l'effet qu'au juste produisait

Le soin jaloux que le mari montrait. —

Pour pénétrer près de l'objet qu'il aime

Dorval alors médite un stratagème;

Puis un beau jour, hardiment, sans façon,

Malgré l'Argus, il entre à la maison
De sa donzelle. — Il avait d'une fille
Vêtu la mise élégante et gentille.
En le voyant, ah! le petit fripon,
Vous l'eussiez cru fille pour tout de bon,
Tant sous la robe et sous le cotillon
Charmante était sa fraîche et douce mine.
Il avait pris le nom d'une cousine
Que dans l'Anjou la belle avait, dit-on,
Mais au mari tout à fait inconnue.
A bras ouverts la cousine est reçue.
Elle avait plu dès le premier moment
Par sa tournure agréable et gentille,
Et le mari lui trouva galamment,
En connaisseur, certain air de famille.
Ce n'était pas au front assurément!
Dans ses beaux jours de Néris fut galant;
Il ne devint jaloux qu'en vieillissant.
Quand un galant, miné par la vieillesse,
Près du tombeau s'unit à la jeunesse,
La jalousie est sa punition,
Et le plaisir lui fait défection.
Malgré ses ans, malgré son impotence,

De Néris crut de son adolescence
Sentir brûler dans son cœur tous les feux,
Quand de la belle il eut vu les doux yeux.
(Le feu prend vite au milieu d'un bois vieux.)
Et la cousine avait une prunelle
Qui disait tant : Je ne suis pas cruelle,
Qu'il crut pouvoir lui faire un doigt de cour.
Sa femme arrive, et le surprend un jour
A ses genoux, qui lui parlait d'amour.
« Ah! ciel! le monstre! Ah! l'ingrat! lui dit-elle.
Comment, monsieur, vous m'êtes infidèle!
Sinon de fait, du moins de volonté,
Car autrement vous ne l'eussiez été :
Depuis longtemps, vous n'êtes plus capable
Sur ce point-là de vous rendre coupable.
Je veux pourtant punir votre dessein.
Ah! vous voulez corrompre l'innocence!
Vous secouez et le joug et le frein
De la vieillesse et de votre impuissance,
Quand je n'obtiens, moi votre femme, rien!
Je saurai bien calmer votre licence,
Vous empêcher de séduire l'enfance.
Je vais veiller à partir d'aujourd'hui

Sur ma cousine, et le jour et la nuit.
Vieux séducteur qui faisiez là le tendre,
Essayez donc de me venir la prendre,
Et vous verrez si je sais la défendre!
Mon amitié désormais veillera
Sur cette enfant qui ne me quittera,
Qui, chaque nuit, près de moi, couchera. »
O perfidie, ô femme, ô fourbe, ô ruses!
Notre mari honteux fit des excuses,
Et consentit à tout ce qu'on voulait.
O des cocus, cocu le plus complet!
Ceci n'est pas un conte, c'est un fait.
Je tais les noms; il n'est pas toujours sage
De dévoiler chaque vrai personnage.

VI.

LE PÉNITENT.

Un larron bien repentant
(C'était, je crois, un Normand)
Vint, au sortir de la messe,
Pour se purger à confesse.
Au curé, qui pour son bien
L'écoutait, notre vaurien
Dit : « Mon père, je m'accuse
D'avoir pris du foin. — Combien? »
Lui dit le prêtre sans ruse.
« Ma foi, je ne sais pas bien,
Dit-il, mais ça ne fait rien ;
Mettez toute la charrette ;
Car, entre nous, en cachette,
Je prendrai tantôt la fin. »

VII.

LES CORDELIERS.

Des cordeliers établis à Paris
Le directeur, sans être en rien surpris,
Reçut un jour, de l'un de ses amis
Qui dirigeait une maison à Nantes,
Ces quelques mots en phrases très-touchantes :
« Mon cher ami, bien souvent tu me vantes
« Tes jours joyeux, libres de tout souci.
« Je t'avoûrai qu'il n'en est pas ainsi
« Dans cette ville. Ah ! je m'ennuie ici !
« Envoie-moi vite, ami, ton bon remède,
« Car si l'on tarde à me venir en aide,
« A mon humeur il faudra que je cède :
« Je périrai de chagrin et d'ennui. »
Un cordelier à figure enfantine,

Aux traits charmants, à la taille bien fine,
Fut pour réponse envoyé dans la nuit
Au supérieur, en mission secrète.
C'était, bien sûr, une bonne recette;
C'était,... amis,... une folle brunette !
Le bon prieur alors se consola;
Tous ses ennuis pour elle il oublia,
Et son chagrin, loin, bien loin, s'envola.
Il ne garda que le brillant cortége
Des doux plaisirs, des amours et des ris.
« Mon cher copin, le bon Dieu te protége! »
Écrivit-il aussitôt à Paris;
« Ton doux présent vient enchanter ma vie.
« Ah! mon ami, que je te remercie! »
Un tel bonheur ne devait pas durer.
Les cordeliers ayant su pénétrer
Ce qui causait le changement du père,
Veulent aussi de l'amoureux mystère
Prendre leur part, dé la belle tâter.
Toujours un moine est prêt à besogner.
Une rivière, en son cours contenue,
Brise sa digue, et, forte de sa crue,
Se précipite, entraînant dans ses eaux

Les bois brisés, pierres et soliveaux.
Pour éviter cette mésaventure,
N'essayez pas d'arrêter la nature,
Tous vos efforts n'y serviraient de rien,
Notre récit le démontre fort bien.
Un cordelier d'ailleurs est charitable
Quand il s'agit d'aider un frère à table
Ou bien au lit. — Ils veulent soulager
Leur directeur, dans ses travaux l'aider,
Et dans ce but ils savent s'arranger.
On ne saurait y trouver à redire.
La belle donc fut reine de l'empire
Des cordeliers. Au lieu d'un vieil amant,
Pour ses besoins elle eut tout un couvent;
C'était assez pour notre gourgandine!
Ah! que devint alors la discipline,
La règle austère et tous les vœux jurés!
Un frais minois les avait renversés,
Tant sont puissants les amours concentrés!
Le directeur s'aperçut de la chose.
En homme saint, il veut chasser la cause
De ces abus; chaque moine s'oppose
A ce départ du gentil cordelier

Qui par sa grâce a su tous les lier.
Alors, alors, on vit naître dans l'ordre,
Comme souvent, le plus affreux désordre.
La discorde et ses cris séditieux
Ont soulevé les moines factieux.
Du bon prieur on menace la tête ;
A ses côtés un orage s'apprête ;
Déjà mugit et gronde la tempête.
Ainsi l'on vit tous les Grecs rassemblés
Porter jadis sous les murs de Pergame
L'affreuse mort par le fer et la flamme.
Si les Troyens furent alors brûlés,
Ou dans la ville en fuyant égorgés,
Une beauté fut la cause sanglante
Qui mit la ville en cendre après dix ans
D'un siége long, de combats éclatants.
La terre était alors de sang fumante
Pour une Hélène ; il n'est pas étonnant
Qu'une autre ait mis le trouble en un couvent,
Où sans sujet on le voit très-souvent.
Le bon prieur dut céder à l'orage ;
En ce faisant, je crois qu'il fut très-sage.
Il leur donna la belle pour otage,

Et moyennant telle condition,
On vit cesser cette sédition. —
Tout devint calme au pieux monastère;
Mais le prieur écrivit au bon frère
Qui de Paris pensait toujours à lui :
« Mon cher Corco, mes moines m'ont ravi
« Le tendre objet que ta munificence
« M'avait donné; mais sur ta complaisance
« Je compte, ami, pour me le remplacer;
« Je ne saurais maintenant m'en passer. »

VIII.

LE DIABLE DANS LE PÉTRIN.

Grand Briochet, phénix des pâtissiers,
Des rôtisseurs et des bons cuisiniers,
Des massepains c'est peu d'avoir la gloire;
Je te distingue à ce fait plus notoire,
Qu'un soir chez toi (spectacle peu connu!)
Tu vis sortir un grand diable cornu
De ton pétrin. Ah! l'étrange aventure!
Digne d'aller à la race future!
Farceur! allons, plutôt que ne dis-tu,
Interrompt lors mon lecteur satirique,
Qu'au son du fifre et du turlututu,
A son aspect on vit, dans la boutique,
Tourtes, pâtés, norolles et douillons
Danser alors de joyeux rigodons!

Plaisante bien, lecteur, et puis ensuite
Tu conviendras qu'il faut juger moins vite.
Attends au moins que ma plume ait tracé
Comment l'esprit malin s'était glissé
Dans le pétrin, et par quelle imprudence
Se décela brusquement sa présence.
Gens très-experts ont déjà deviné
Que Briochet dût être marié,
Car ils ont dit (blasphème épouvantable!)
Qu'à son mari la gàlante moitié
Peut sans miracle aucun montrer le diable!!!
Or écoutez, messieurs, voici le fait
Tout éclairci. Madame Briochet,
Quand son mari parfois le soir sortait,
Dans sa maison recevait en secret
Un jeune amant et sensible et discret,
Un Antonin à fraîche et douce mine
Qui partageait la flamme de Céline
(C'était le nom que madame portait).
Son petit four pour Antonin chauffait;
Passez le mot, je le dis à regret.
Tout allait bien; mais un soir qu'en voyage
Le pâtissier partit pour quelques jours,

Notre Antonin, guidé par les amours,
Près du tendron vint se mettre en ménage.
Quand un mari s'absente, ainsi d'usage
On le remplace avec quelque avantage
Par un amant plus frais et plus dispos,
Comme aux relais on change de chevaux.
C'est ce qui fait qu'un homme vraiment sage,
S'il doit chez lui plus tôt s'en revenir,
De son retour a soin de prévenir.
Mais Briochet qui l'ignorait, je gage,
Et qui d'ailleurs se croyait à l'abri
Des accidents dont gémit maint mari,
Mal à propos vint frapper à sa porte.
« Qui va là ? — Moi. — Qui, moi ? — Mais ton époux.
Ouvre, minette, et tire les verroux.
— Je voudrais bien que le diable l'emporte,
Se dit Céline. Arriver de la sorte !
Est-il possible ? Ah ! fuis, mon Antonin ! —
C'est très-bien dit, et je le voudrais bien,
Répond l'amant, mais par où ? quel moyen ?
Je cherche, mais…. hélas ! je cherche en vain.—
Cache-toi donc au moins dans ce pétrin. »
En ce disant, la galante Céline

4

Pousse Antonin dans le coffre à farine,
Et quand le tour exactement est fait,
Cette beauté va d'un air satisfait
Ouvrir la porte, et tendrement caresse
Son Briochet, de cent baisers le presse
Pour écarter toute ombre de soupçon.
Pendant ce temps, l'amant, dans sa prison,
Vous me croirez, n'était pas plus à l'aise
Que le saint Jean dans sa tombe d'Éphèse.
Tout doucement la planche il soulevait,
Examinait tout ce qui se passait,
Et je crois fort aussi qu'il se disait,
Comme un colon de la riche Algérie
Voyant un tigre et tremblant pour sa vie :
« Je voudrais bien loin d'ici m'en aller. »
Force lui fut pourtant bien de rester.
Ce n'était pas position charmante ;
Il étouffait. Pour comble de malheur,
Le pâtissier (ah ! douleur trop cuisante !)
Était ce soir d'humeur très-frétillante ;
Sur le pétrin il vient à sa moitié
Pour témoigner plus que de l'amitié.
Par les soupirs qu'il poussait sur sa femme,

Le prisonnier se sentait fendre l'âme,
Et le tic-tac du pétrin qui craquait
Lui disait trop tout ce qui se passait.
N'y tenant plus, tout à coup il soulève
La mince planche où cette fille d'Ève
A son mari, fi donc! s'abandonnait.
Planche, mari, femme, sur le parquet
S'en vont rouler. Le mari se relève
Tout stupéfait; mais le galant a fui.
« Ah! dit Céline, un diable était ici.
Il est parti, merci, mon Dieu, merci!
Vilain mari, polisson que vous êtes,
Il a puni vos gestes déshonnêtes.
— L'enfer est-il si près du paradis? »
Dit Briochet d'un air plus que surpris,
En se frottant les membres tout meurtris.

J'entends déjà maint railleur qui s'écrie :
Le tour vaut bien, là, vraiment, qu'on en rie.
Mais par hasard auriez-vous reconnu
Qui du mari, de l'amant ou du diable,
Était alors, dites, le plus cornu?
Je crois ce point, entre nous, discutable.

Très-amplement pourtant j'y songerai,
Peut-être bien même que j'écrirai
Au corps savant qu'on nomme *Académie*.
A sa lumière ainsi le soumettrai,
J'aurai réponse, et, l'affaire éclaircie,
Comptez sur moi; je vous la transmettrai.

IX.

LES QUIPROQUO.

Il me souvient des jours de ma jeunesse;
J'avais vingt ans, une folle maîtresse,
De francs amis, la force, la gaîté,
Illusions, espoir et liberté.
O temps heureux vainement regretté!
Où, savourant la coupe de l'ivresse
Des passions, je me vis emporté
D'un pas rapide à la triste vieillesse,
Va, tu n'es plus; mon cœur seul est resté;
Je le sens là battre dans ma poitrine
Au souvenir de ta félicité.
Mais quitte, allons, cette image divine,
O vil bouffon! La sensibilité
N'a plus d'écho; montré de la gaîté

Même en ton cœur tout rongé de tristesse.
Sur tes tréteaux va parader sans cesse.
Ne vois-tu pas la foule qui se presse,
Bouche béante et regard hébété!
Conte, bouffon, conte à sa majesté
Un bon scandale à plaisir inventé;
C'est le moyen d'être bien écouté.

Donc, en ce temps des roses de la vie
Qui de si loin cause encor mon envie,
Je fréquentais (surtout n'en dites rien)
Un mien ami tant soit peu libertin.
Ce cher ami, respectez sa folie,
Avait toujours quelque conte ou saillie
Pour se moquer fort agréablement
De nos curés, des moines, du couvent.
Il se riait de l'enfer et du diable,
Et prétendait, ô schisme épouvantable!
Que, parmi nous, les prêtres, les prélats
Vivaient ainsi que s'ils n'y croyaient pas.
Il m'a conté même certaine histoire
Pour appuyer l'assertion d'un fait.
Je ne veux pas, messieurs, la faire croire,

Si je la dis, c'est pour rire en secret. —
Dans le petit hameau de Cugnanville,
Il était fête; en pompe, de la ville
L'évêque était venu pour confirmer,
Non mon récit, mais le pays entier.
L'évêque au soir devait s'en retourner,
Mais, pour fêter cette cérémonie,
Le ciel versa de tels torrents de pluie
Qu'au presbytère il lui fallut coucher.
« Je n'ai qu'un lit, c'est pour vous, Révérence,
Lui dit le prêtre. — A quoi bon ces façons?
Répond l'évêque; eh! nous partagerons. »
Or le curé devait obéissance;
Sans répliquer, auprès de monseigneur
Il se coucha, s'endormit de bon cœur.
Deux ronflements qui partaient en cadence
Troublèrent seuls le nocturne silence;
Mais quand l'aurore au visage vermeil
Vint dans les cieux ramener le soleil,
Le chant du coq de troubler le sommeil
Du bon curé. Selon son habitude,
Moitié dormant, il murmure « Gertrude,
Va donc au pré! » Tout en disant cela,

Il appliquait au fessier du prélat
Un coup de main. — Celui-ci qui sommeille,
Se croit chez lui comme il était la veille;
Il répond donc encor tout endormi :
« Je ne veux pas, je te l'ai déjà dit,
De ces façons, Manon; as-tu fini? »

X.

GRANDE VITESSE.

Oui, je le crois, dans les âges futurs,
De notre temps les titres les plus sûrs,
Ce qui pourra garder notre mémoire
Pour nos neveux, aux pages de l'histoire,
N'en doutons point, c'est cette invention
De la vapeur, son application.
Jamais engin remua-t-il le monde
D'une façon plus prompte et plus profonde?
C'est la trompette et la voix du progrès,
Le plus puissant de ses nombreux bienfaits.
Grande vitesse a le don de me plaire.
Et n'est-ce pas une excellente affaire,
Pour les humains dont les instants sont courts?
Mieux employés sont ainsi tous nos jours.

Admirons donc ce mode de voyage :
Profitons-en ; c'est un parti fort sage,
Même en amour, à part un certain cas
Qui de Léon vint causer l'embarras.
Léon n'est pas d'une vertu bien rare.
Il se trouvait à Rouen, dans la gare,
En attendant un *express* pour Paris,
Quand vint s'offrir à ses regards surpris
Une beauté : les Grâces et les Ris
Avaient pétri sa personne divine.
Sous ses longs cils étincelaient des yeux
Plus éclatants que n'est l'azur des cieux.
Son pied était mignon, sa taille fine ;
On devinait tout ce qu'elle cachait
Sous le satin qui ses charmes couvrait.
Sa mise simple et pourtant élégante
Parait si bien sa personne charmante,
Que ses attraits en brillaient plus encor :
Beauté se passe et de clinquant et d'or.
Or, à vingt ans aisément on s'enflamme ;
A son aspect, Léon sentit son âme
Soudain brûler des plus ardents désirs.
Il la lorgnait en songeant aux plaisirs

Qu'à son amant donnerait cette belle.
Il eût voulu se placer auprès d'elle,
Mais il n'osait; quand un sourd roulement,
Accompagné d'un strident sifflement,
Se fit entendre à côté, sous la voûte :
« Les voyageurs pour Paris, vite en route! »
Dit l'employé. Lors d'un compartiment
Chacun fait choix. — Le fer vole à l'aimant
Moins promptement que Léon sur la trace
De la beauté dont il aime la grâce.
Dans un wagon ils se sont élancés;
L'un près de l'autre ils se trouvent placés.
Amour, Amour, si c'est toi qui les guides,
Évite-leur tes tours les plus perfides.
Ils étaient seuls, tous deux jeunes, ardents;
L'occasion, les dieux étaient propices;
Ah! que de cœurs, à l'âge de vingt ans,
Voyageraient sous semblables auspices!
L'amour, d'ailleurs, se mit bien vite entre eux,
Les enflamma des plus doux de ses feux.
Timidement d'abord ils se lorgnèrent,
Puis, plus hardis, tous deux ils se parlèrent.
Quand l'employé s'en vint crier : « Vernon! »

Très-vive était leur conversation.
Que dirent-ils? peu de choses sans doute
En commençant, au début de la route;
Mais je crois fort que Léon, en causant,
Dans ses propos fut toujours très-galant,
Et qu'il devint bientôt entreprenant.
En arrivant à Mantes la Jolie,
La belle était radieuse, ravie;
Léon avait les traits fort animés
Et tous les deux s'étaient bien rapprochés.
Quand, à Maisons, l'employé se présente
Pour les billets, la belle abandonnait
Un doux baiser que Léon lui prenait,
La lèvre en feu, de plaisir frémissante.
En rougissant, la belle jette un cri;
L'homme discret en se sauvant en rit.
Mais, mon lecteur, si vous osez me suivre
Dans ce récit, oserai-je poursuivre?
Le train arrive, on ouvre la portière :
Paris! Paris! Fuyez, Amours et Ris.
Nos voyageurs tout honteux sont surpris :
« Vous avez pris la ligne de Cythère,
Dit l'employé, c'est celle de Paris. »

XI.

EN PARTIE FINE.

Autrefois les soupers galants
Se donnaient dans les restaurants
De la trop fameuse Courtille,
Mais aujourd'hui Paris fourmille
De pareils établissements.
On aime encor, de notre temps,
Du bon vieux temps la gaudriole :
Notre vie est tout aussi folle
Que celle de nos devanciers.
Princes, prélats, ducs, épiciers,
Chacun veut avoir sa maîtresse;
Avocats, moines, bonnetiers,
Médecins, prêtres, charcutiers,
Veulent aussi de la tendresse.

Aimer sa femme, ah! bien, fi donc!
Non, cela n'est pas du bon ton.
Messieurs, si vous êtes volages,
Vos femmes ne sont pas plus sages :
Elles vous rendent trait pour trait,
Sinon plus; et c'est très-bien fait.
Que je voudrais d'une cachette
Observer dans chaque guinguette!
Là, je verrais bien des tableaux
Curieux! sans être nouveaux.
Là le hasard, souvent bon maître,
Un jour à mes yeux fit paraître
Le fait que je vais vous conter
(Si vous voulez bien m'écouter).
Un bonnetier avec sa bonne,
Vive et très-gentille personne,
Se conduisait en polisson.
Croyant sa femme à la maison,
Il riait de sa confiance
Et chantait même une chanson
Peu morale et de circonstance.
Il entend devers la cloison
Chanter sur un semblable ton.

C'était une voix féminine.
« A ces gais refrains on devine
Des amants, dit le bonnetier.
Pourquoi ne pas les inviter ? »
Tout aussitôt il parlemente
A travers la mince cloison,
Et l'on accepte sans façon
Cette invitation charmante.
On ouvre; mais quelle stupeur !
A l'instant a fui le bonheur.
Le mari reconnaît sa femme
Qui vient de se rendre à la flamme
De son commis. « Ciel! quelle horreur !
Et moi qui la croyais fidèle !
Se dit-il; qui l'eût pensé d'elle ! »
Mais à son tour se dit la belle :
« Mon mari près de Jeanneton !
Je le croyais sans passion !
Ah! le vilain! le polisson !
Dans la fureur qui les agite,
L'un et l'autre se précipite;
Ils vont s'arracher les cheveux,
La barbe, les dents et les yeux.

De la maison l'hôte et l'hôtesse
Viennent au bruit, et l'on s'empresse
De les séparer tous les deux.
Dans un sermon l'hôte leur prouve
Que les torts sont bien partagés,
Et l'un par l'autre assez vengés.
Tout le monde aussitôt approuve.
On fait reprendre au bonnetier,
En paix, sa volage moitié.
Le commis s'adjugea Jeannette.
C'est ainsi que la paix fut faite,
Et bras dessus et bras dessous,
Ils s'en vont sans être jaloux,
Comme deux bons couples d'époux.
Firent-ils pas mieux que de geindre,
Mes bons amis, qu'en pensez-vous?
On en eût ri, mais sans les plaindre.

XII.

LE MAUVAIS PAS. [1]

Un laboureur du pays de Bretagne,
Sur ses vieux jours avait pris pour compagne
Une fillette à la fleur de ses ans :
Chose étonnante, il n'en eut point d'enfants!
Ce n'était pas la faute de la belle :
Pour le plaisir toujours pleine de zèle,
Elle avait fait, ainsi que les amis
Qui la venaient visiter au logis,
Plus qu'il ne faut pour en fabriquer dix;
Mais à produire elle resta rebelle.

---

1. Ce conte est imité de la reine de Navarre, ainsi que les doctes pourraient le remarquer. — Ceux qui seraient curieux de voir l'original en prose doivent consulter l'*Heptameron* de cette princesse.

L'âge lui vint, sans apporter d'enfants.
Quand elle eut vu déserter les galants,
Ne voulant pas que chômât l'entreprise,
Pour partenaire, elle accepta l'église.
Et de l'endroit le curé fut, dit-on,
De ses plaisirs le joyeux compagnon :
C'était s'armer de l'absolution
Des doux péchés qu'elle venait commettre,
Car le curé pouvait les lui remettre.
Tous deux pourtant cachaient leur jeu fort bien,
Et le mari ne se doutait de rien ;
S'il l'avait su, dans son humeur jalouse,
Il eût daubé madame son épouse.
Un jour qu'aux champs le laboureur vaquait,
Que le curé sa femme confessait
Tout en faisant une énorme bombance,
Notre mari bien plus tôt qu'on ne pense
Rentre au logis. — Le curé doit monter
Dans le grenier aussitôt se cacher.
Il s'y blottit et ferme l'ouverture
Avec un van qu'il trouve d'aventure.
Quand le mari rentra dans la maison,
De peur qu'il n'eût alors quelque soupçon,

On lui servit un repas délectable:
Auprès de lui sa femme mit sur table
Un vin fumeux servi très-rarement.
Il mangea bien et but si largement
Qu'il s'étendit bientôt sur une chaise,
Près du foyer, pour dormir à son aise.
Pendant ce temps, notre curé restait
Dans le grenier, et très-fort s'ennuyait.
Tout dans la chambre était alors paisible.
Il veut savoir s'il lui serait possible
De s'en aller : c'était son seul désir.
Donc par la trappe il commence à sortir
Sa face maigre; avidement regarde:
Et voit notre homme auprès du feu dormir.
Mais las! voyez, il presse par mégarde
En s'allongeant un peu trop sur le van;
Et tous les deux vont rouler lourdement,
De haut en bas, droit aux pieds du bonhomme,
Qui se réveille en sursaut de son somme.
Mais le curé, se levant lestement,
Dit au mari, qui lentement s'éveille,
Tout étourdi des vapeurs de la treille :
« Merci, l'ami, je vous rends votre van. »

. Puis il s'enfuit, causant l'étonnement
Du laboureur qui n'y peut rien comprendre.
Qu'est-ce? dit-il. « Le curé vient de rendre
Le van, qu'hier, il avait emprunté,
Lui dit sa femme. — Ah! le maudit curé,
Il fait lui seul plus de bruit qu'un tonnerre;
J'ai cru que tout chez nous était par terre;
On doit au moins, quand on emprunte un van,
Le rapporter un peu plus poliment. »

Le laboureur ne trouva rien à dire
Outre cela. — Ce conte prête à rire,
Et montre bien que, dans un mauvais pas,
Le sang-froid peut nous tirer d'embarras.

XIII.

LE SORTILÉGE.

« Ma déité sur l'aile du mystère
Tarde à venir en ce lieu solitaire,
Où cette nuit doit combler tous mes vœux;
Belle Nanon, tu viens bien tard, mon ange! »
Disait Colin. — Dans une obscure grange,
Il attendait cet objet de ses feux.
Mais dans la nuit un pas enfin résonne,
Et plein d'espoir : « Allons, c'est elle enfin! »
L'oreille au guet, se dit maître Colin.
Droit vers le bruit, il avance, il tâtonne,
Sans dire mot, et saisit la friponne,
Ou croit saisir tout au moins sa personne.
La gerbe épaisse est le douillet coussin,
Où la belle est mise en un tour de main.

Elle ne fait aucune résistance,
Bien au contraire; elle saisit Colin,
Et j'en frémis, mon lecteur, quand j'y pense;
Ce n'était pas Nanette qu'il tenait,
Mais une vieille en ses bras l'enlaçait.
Aux cris perçants que Colin fait entendre,
Gens de la ferme aussitôt de se rendre
Au bâtiment d'où s'échappe le bruit.
Lanterne en main, ils éclairaient la nuit
De feux tremblants, de lueurs fantastiques;
Armés de faux, gourdins, fourches et piques,
On les eût pris pour des guerriers antiques
Se dirigeant pleins d'ardeur au combat.
En arrivant sur le lieu du sabbat,
Ils voient Colin, la vieille et le débat.
Et de tout cœur chacun alors de rire.
Qui fut penaud? Colin, le pauvre sire.
Mais ce qui plus amusa les rieurs,
C'est que la vieille, au bruit des visiteurs,
A plein gosier, d'une voix lamentable,
Crie aussitôt qu'on veut la violer.
Heureusement ce n'était pas croyable,
Sans quoi Colin eût dû dès lors trembler.

On entendit les rires redoubler.

Comment Nanon n'était-elle venue
Au rendez-vous, et comment, en ces lieux,
L'horrible vieille était-elle accourue?
Je n'en sais rien, lecteur trop curieux,
Et je crois bien à quelque sortilége :
C'est ce qu'on croit aussi dans le pays.
D'un tel malheur le bon Dieu te protége,
Car c'est l'enfer au lieu du paradis.

XIV.

LES BOSSES AU FRONT.

C'était le temps de l'aimable régence,
Et la Folie, agitant son grelot,
Exécutait la plus fantasque danse,
Tout en montrant au passé trop dévot
Ce qu'il n'avait pas eu, le pauvre sot,
Tous ses attraits et ceux de *tolérance*.
On se pressait en foule sur ses pas :
D'adorateurs une troupe fidèle
Suivait gaîment la déité nouvelle.
Là, fous marquis, fous valets, fous prélats.
Peuple aussi fou de différents états,
Pour l'imiter, déployant tout leur zèle,
Dansant aussi, suivaient ses entrechats.

Nul ne daignait un instant être sage ;
On ne voyait aucun mari jaloux,
Et le beau sexe avait le cœur si doux
Qu'il n'était plus de fidèles époux.
On n'y craignait en rien le cocuage ;
Telles étaient et les mœurs et l'usage.
Qu'ils sont changés les Français de notre âge !
Chaque mari craint ce terrible cas ;
Il le craint, dis-je, et ne l'évite pas.
Crainte n'y fait ; ne vaut-il pas mieux rire ?
J'avais encor bien des choses à dire
Sur ce sujet ; c'est pour une autre fois,
Car je crains, moi,... l'extinction de voix.

Sur ce qui cause aujourd'hui le martyre
De nos maris fantasques et jaloux,
Écoutez bien le bon mot d'un époux
De ce temps-là. — Madame, en son absence,
Avait reçu dans son appartement
(Cela se voit) un séducteur galant.
Pendant ce temps, monsieur, très-fort je pense,
N'était pas plus sage de son côté,
Et courtisait quelque jeune beauté.

Cette beauté sans doute fut cruelle,
Ne voulut point admettre en sa ruelle,
Pour ce soir-là, notre galant mari,
Qui déconfit sortit de chez sa belle.
Il avait fait dix pas quand il se dit :
« Dieu! quelle idée entre dans ma cervelle! !
Puisque je suis d'une part éconduit
Par ma maîtresse, au moins pour cette nuit,
Si j'allais voir ma conjointe aujourd'hui ;
C'est un moyen de chasser mon ennui. »
Convenez-en, l'idée était nouvelle,
Folle, impossible!!... il se rend donc chez elle,
Frappe à sa chambre et se voit introduit.
Madame avait, en pudique personne,
A l'instant même où l'on avait frappé,
Placé l'amant sous un grand canapé.
« C'est vous, mon cher, l'aventure est fort bonne,
Lui dit madame, et que me voulez-vous?
— Je veux, je veux, écoute-moi, mignonne,
T'entretenir de ces propos si doux
Qu'on dit bien plus entre amants qu'entre époux.
— Dans un accès d'humeur très-folichonne,
Vous voulez rire. — Eh! pas du tout, ma bonne,

C'est sérieux, viens donc sur mes genoux. »
La belle alors de se pâmer de rire
D'un tel projet. Notre mari l'attire
Pendant ce temps droit sur le canapé
Dont le dessous se trouvait occupé.
« Finissez donc, monsieur, cette folie! »
Disait madame en riant aux éclats ;
Mais il faut bien, hélas! qu'on le publie,
Notre mari la tenait dans ses bras,
Et, malgré tout, il ne finissait pas.
En percevant le bruit de leurs ébats,
Le galant sent naître sa jalousie.
Dans sa fureur, un instant il s'oublie,
Et d'un seul coup termine l'embarras.
Il lance au loin le canapé commode
Où ces époux, en dépit de la mode,
Se caressaient, plus qu'il ne convenait,
Devant un tiers que cela chagrinait.
Puis en trois bonds notre homme disparaît,
Jurant très-fort qu'on ne l'y reprendrait.
L'époux, surpris, se tâte et se relève ;
Bientôt aussi madame se soulève :
« Ah! mon ami, quel meurtrissant affront!

N'êtes-vous point blessé, demande-t-elle?
— Oh! ce n'est rien; et vous-même, ma belle?
J'ai seulement deux bosses à mon front!!! »

XV.

COMMENT LE MEUNIER SANS-SOUCI
ENTRA AU PARADIS[1].

Le bon portier des cieux, soins superflus !
En se tenant à la porte cochère
Du paradis, attendait les élus,
Bien vainement, car il n'en venait plus
Depuis longtemps. — Aussi maître saint Pierre
Se dit : « Je puis un instant m'absenter ;
Fermons la porte et courons prendre un verre
De ce nectar fait pour nous délecter. »
Soudain, tandis qu'il est à la buvette,
Un mécréant frappe à tout défoncer.
Il quitte donc son verre et sa burette,
Court au loquet. Pan ! pan ! « Qui frappe ainsi ?

1. Imité très-librement de M. Ch. Deulin.

— Ouvre, mon vieux, au meunier Sans-Souci.
— Jamais meunier n'est entré par ici,
J'ai ton dossier plein de mauvaises notes,
Vers d'autres lieux va diriger tes bottes,
Ou je te fais au plus vite chasser.
— Ah! nom d'un nom! lui répond en colère
Le Sans-Souci; comment, maître saint Pierre,
C'est bien à vous de vouloir tracasser
Le pauvre monde, à vous qui, lâche et traître,
Avez trois fois renié votre maître,
Le doux Jésus. Ouvre-moi, mon bonhomme,
Ou, palsambleu, j'enfonce et je t'assomme! »
Mais, déjà loin, l'autre n'entendait plus
De Sans-Souci les discours superflus.
Autant par peur au moins que par colère,
Il va tout droit se plaindre à Dieu le père
Qu'on l'a blessé dans son saint ministère,
Et qu'à la porte, un satané meunier
Veut briser tout, malgré tout, pour entrer.
« Oh! oh! dit Dieu, courez saint Paul, mon brave,
A la raison remettre qui nous brave. »
Saint Paul y court. « Allez-vous-en, vaurien;
On ne reçoit ici que gens de bien.

— Farceur de Paul, tu sais, je n'en crois rien,
Et j'ai raison, puisque l'on t'y voit bien.
Je suis léger, mais qu'à cela ne tienne!
Ta conduite est plus louche que la mienne.
Pendant la mort, dis-moi, du bon Étienne,
Pour son salut, disais-tu quelque antienne? »
Saint Paul ne peut entendre tout entier
Le franc discours de ce malin meunier.
Il s'enfuit donc comme un lâche guerrier
Et vient se plaindre à Dieu qui, sur son trône,
Comme un curé dans sa chaire est au prône,
En rit beaucoup et surtout s'en étonne.
« Envoyons-lui, dit-on, saint Augustin!
— Mon cher ami, dit Dieu, je vous ordonne
De lui prouver par un discours sans fin,
Grec ou gaulois, syriaque ou latin,
Qu'il doit passer bien vite son chemin.
— Vous ne pouvez entrer dans cette enceinte
Pour trois raisons, lui dit saint Augustin,
Premièrement, votre vie est peu sainte.
— Eh! mais, et vous, orateur célestin,
N'avez-vous pas avec une catin
Vécu longtemps dans le concubinage?

6

Vous n'étiez pas vraiment déjà si sage
Quand votre mère au bon Dieu s'adressait
Pour vous sauver; qu'elle priait, pleurait;
La sainte femme; eh! monsieur l'hérétique,
Ouvrez-moi donc, ouvrez-moi. » Sans réplique
A ce discours exactement dicté
Par la malice et par la vérité,
Saint Augustin s'enfuit épouvanté.
Il vient aussi se plaindre à Dieu le père,
En attestant la sainte Trinité,
Qu'on a berné sa docte majesté.
Cet orateur et saint Paul et saint Pierre,
Animés tous d'une juste colère,
Auprès de Dieu parlent en même temps.
« Que voulez-vous, dit Dieu, qu'y puis-je faire?
Vous n'êtes pas, vrai, des saints innocents!
Si parmi nous était un commissaire
Ce serait bien à présent notre affaire. »
On chercha donc; mais on n'en trouva pas.
« Ma foi, dit Dieu, terminons l'embarras;
Laissez entrer le meunier, c'est un drôle
Qui me plaît fort, car il a de l'esprit.
Il nous fera rire, sur ma parole,

Cela se voit trop rarement ici.

Ouvrez donc vite au meunier Sans-Souci ;

C'est trop longtemps le faire attendre ainsi. »

XVI.

LE CAMÉLÉON POLITIQUE.

« Oh! que ce monde est rempli d'âmes viles,
De cœurs sans foi, d'êtres bas et serviles,
Toujours changeant comme tourne le vent!
On ne l'éprouve, hélas! que trop souvent,
Et dans le monde aussi bien qu'au couvent. »
Ainsi parlait une vieille marquise
Dans un salon du faubourg Saint-Germain,
Soutien du trône et du parti romain,
Mais dont la langue incessamment s'aiguise
A déchirer de ses traits le prochain.
Elle lança cette brusque apostrophe,
En traits moraux dignes d'un philosophe,
Comme on parlait du comte de Saint-Bris.
« Il a suivi, dit-elle, maints partis :

Je l'ai connu d'abord bonapartiste,
Puis royaliste, ensuite orléaniste.
— Il est trop vrai, madame, dit quelqu'un,
Mais permettez, car vous oubliez un
Des changements qui vaut bien qu'on le note :
Vous l'avez vu, même, on dit, *sans-culotte.* »

XVII.

L'ENFER.

Un moribond à son heure dernière
Voulut mourir comme il avait vécu;
De notre foi repoussant la bannière,
En philosophe et sage et convaincu.
Cette gaîté, sa fidèle suivante
Dans les sentiers épineux d'ici-bas,
En cet instant ne l'abandonna pas
Près du tombeau, sur le bord du trépas.
Son corps mourant, son âme était vivante
Et s'égaya, pendant quelques instants,
Sur le curé dont les traits éloquents
En lui parlant de l'éternelle flamme,
Voulaient en vain disputer sa pauvre âme
Aux doigts crochus de l'affreux Lucifer,

Qui la guettait, aliment pour l'enfer.

« C'est Dieu, mon fils, lui disait le bon prêtre,

Dieu près de qui vous allez comparaître,

Dieu qui m'envoie ici pour vous sauver.

Craignez l'enfer, craignez ce gouffre immonde,

Qui vous attend, qui va vous dévorer,

Si vous n'avez abjuré de ce monde

Et les erreurs et l'incrédulité.

Avant d'entrer dans cette nuit profonde

Qui va paraître, et pour l'éternité,

Ah! croyez-moi, mon ami, soyez sage,

Je viens signer vos papiers de voyage,

Le passe-port de la félicité.

A son enfant qui lui fut infidèle,

Le Dieu des cieux a dit dans sa bonté :

Le repentir à l'heure solennelle

Suffit, pécheur, pour qui veut se sauver

Et de tout crime aisément se laver.

Il recevra votre âme repentante,

Si de la chair elle sort triomphante,

Débarrassée après confession,

De ses péchés par l'absolution. »

— Cessez, abbé, ce discours inutile,

Vous vous bercez d'un chimérique espoir,
Dit le mourant, sans vous je meurs tranquille;
Près du démon je veux aller m'asseoir,
Et si je brûle... ah! c'est de l'aller voir.
Il est humain, de bonne compagnie,
Ne chante point de vaine litanie,
Et de sa cour la sagesse est bannie;
Dans ses élus Satan doit me compter.
Je ne veux pas de votre ministère,
Mais, s'il vous plaît un instant m'écouter,
J'espère aussi vous convertir, bon père.
Vous le savez, et la Vierge et les saints,
Sont maintes fois apparus aux humains,
Dieu, Dieu lui-même a, par grâce efficace,
Au grand Moïse offert jadis sa face...
Soyez certain que le diable comme eux
Peut, quand il veut, se montrer à nos yeux...
Tout couronné de fleurs et de lumière.
Près de mon lit, j'ai vu, la nuit dernière,
Se présenter le grand roi de l'enfer :
Il rayonnait, l'excellent Lucifer;
Mais il n'avait ni cet aspect sinistre,
Ni ce visage à la couleur de bistre,

Ni l'ornement dont le vulgaire affront
De nos maris a décoré le front.
Je vois encor sa stature imposante,
Mais débonnaire et jamais menaçante,
Son coup d'œil fier et son regard plus prompt
Que n'est l'éclair au sein des airs qu'il rompt.
« Viens, m'a-t-il dit, visiter le royaume
Qui m'est échu ; ta demeure de chaume
Ne le vaut pas, et tu seras heureux
D'y pénétrer, d'y brûler de doux feux.
Au paradis, l'amour divin embrase
Tous les élus. Une éternelle extase,
Des chants sans fin, des contemplations
Sont des bons saints les occupations.
Ceux qui sur terre ont vécu de retraite,
Un saint ermite, un chaste anachorète,
Et quelques vieux impotents et reclus,
Cerveaux fêlés et squelettes perclus,
Sur leurs vieux jours ayant fait pénitence,
Sont seuls admis, divine récompense !
Sur les degrés du céleste parvis.
Mieux vaut l'enfer, n'est-ce pas ton avis?
Que cette sainte et sotte compagnie.

D'ailleurs l'enfer est lieu qu'on calomnie,
Tu vas le voir, c'est un très-doux séjour;
A notre sort tu porteras envie
Et tu voudras abandonner le jour
Pour y venir mener joyeuse vie.
Ton âme est pure, elle hait les bigots,
Les calottins, tartufes et cagots,
Voilà pourquoi, dit Lucifer, je t'aime;
Sur ton bonheur, vois, je veillais moi-même.
— Mon cher ami, dis-je, mourant au diable,
Vrai! je croyais que tu n'existais pas;
Mais si tu vis, tu n'es pas mauvais diable,
Et dès demain, quand viendra mon trépas,
Tout confiant, je te suivrai sans peine.
De gens d'esprit tu peuples ton domaine,
Dès aujourd'hui tu veux me le montrer :
Partons, ami, je brûle d'arriver. »
Tous deux alors nous nous mettons en route,
Dans le silence et l'ombre de la nuit;
Un char de feu rapide nous conduit
A l'un des coins de la céleste voûte,
Mais assez loin des murs du paradis.
L'enfer n'est point, comme on croyait jadis,

Au centre creux de la terre qui roule,
Dans l'univers imperceptible boule.
Un coin des cieux et de l'immensité
Fut par Dieu même aux damnés affecté,
Et convenez que c'est avec justice,
Car des élus le nombre est si restreint,
Que celui des malheureux que le vice
Fait condamner, plus qu'au centuple atteint.
Et si quelqu'un s'avise de me dire :
« Mais sais-tu donc où l'enfer est placé?
— Dans l'univers. — Eh! mais de quel côté?
— Messieurs, messieurs, au lieu de contredire,
Indiquez-moi les cieux; c'est l'opposé! »
Comme un pécheur qui tout craintif arrive,
Aux champs lointains de l'infernale rive,
J'en jure Dieu, je fus bien étonné
En découvrant le séjour condamné :
« Quoi! c'est donc là cet enfer effroyable?
Est-il possible? en croirai-je mes yeux?
Séjour de paix, séjour délicieux!
— Il est bien vrai, me répondit le diable,
Car Dieu n'est pas méchant comme on le dit,
Avec regret, faiblement il punit

Tous ses enfants. Ah! c'est un si bon père,
Pourrait-il donc se montrer si sévère
Pour des plaisirs souvent pleins de misère? »
Enfer, enfer, qui parle mal de toi
Ne t'a pas vu, bien sot est son effroi.
Dans une plaine et riche et parfumée,
De cent ruisseaux limpides arrosée,
Sous des bosquets, sous le myrte enchanteur,
Est une foule et brillante et parée
Par le plaisir, les amours, le bonheur.
De gais festins, des jeux, des causeries,
Sont passe-temps à ces âmes ravies.
J'y vois, j'y vois la docte antiquité,
Esprit et grâce, et savoir, et beauté.
Tous ces enfants de l'aimable sagesse,
Si renommés aux beaux jours de la Grèce,
Et ces esprits, honneur du genre humain,
Qu'on distingua chez le peuple romain;
Tous les prélats, orateurs et ministres,
Y sont auprès des rustres et des cuistres;
Les meilleurs rois sont avec les tyrans,
Caton, Socrate, auprès des ignorants.
L'on y voit même à côté de Voltaire,

Des saints à Rome à tort canonisés,
Que les dévots invoquent sur la terre,
Dont les débris sont en châsse exposés
Et par le peuple avec respect baisés.
Beaucoup d'auteurs d'un talent émérite
De ces tableaux ont paré leurs écrits,
Voilà pourquoi je les passe bien vite;
Mais de notre ère ont été moins décrits
Tous les damnés. Aussi je vais vous dire
Ceux que j'ai vus dans l'infernal empire :
Point ne prétends cependant tout citer;
Quand je voudrais, pourrais-je les compter?
Vous êtes là, beautés point trop sévères;
Vous n'avez pas changé vos caractères,
Et près de vous voltigent vos amants
Comme autrefois, toujours entreprenants;
Là, Charles Sept auprès d'Agnès oublie
Tous les soucis qu'il eut pour sa patrie.
De belle en belle on voit François Premier,
Volage amant, mais loyal chevalier,
Courir ainsi que le brave Henri Quatre
Qui sait aimer, mais ne sait plus se battre.
Et Louis Quinze auprès de Pompadour

Se livre encore aux transports de l'amour.
Les rois sont tous, ou peu s'en faut, au diable,
Mais non pas tous pour cette faute aimable;
Si Louis Neuf ainsi qu'eux est damné,
C'est sûrement pour avoir entraîné
Tous ses sujets deux fois à la croisade,
Folle entreprise, et d'un esprit malade.
Il aurait dû prendre pour seul objet
De rendre heureux ceux que lui confiai
Notre pays; mais, fanatique moine,
Il était né bien moins roi que chanoine!
Louis Onze est aussi chez Lucifer,
Quoique dévot à la très-bonne Vierge,
Car ce n'était que par peur de l'enfer;
La main sanglante, il allumait un cierge,
Et se croyait lavé de ses forfaits
Quand il avait marmotté sa prière
A la Madone, en tenant son rosaire.
Ce Charles Neuf, qui tua ses sujets
Par le poignard de sanguinaires prêtres,
Qui, dans la nuit, les attaquent en traîtres,
Est dans l'enfer ainsi qu'eux pour jamais.
D'un vrai remords sont punis ces coupables,

On ne l'est point pour des fautes aimables.
Là sont heureux Voltaire et Diderot,
Et La Fontaine, et d'Holbach, et Rousseau,
Le grand Corneille et l'illustre Racine,
Mortels fameux devant qui l'on s'incline :
Et Rabelais, Béranger, Saint-Lambert,
Buffon, Parny, La Harpe et d'Alembert.
N'allais-je pas omettre de vous dire
Que ce qu'on voit surtout en cet empire,
Ce sont prélats, curés, prédicateurs,
De nos beautés excellents directeurs.
L'ambitieux et sectaire jésuite
S'y trouve aussi ; cette horde hypocrite
Jusqu'au dernier viendra s'y réunir.
(« Ah ! que cela gâte le paysage !
Dit mon lecteur, hélas ! que c'est dommage
Pour ce séjour ! — Oui, monsieur, sans mentir,
Sans eux, l'enfer eût eu plus de délices ;
Mais il fallait quelque peu de nos vices
Nous châtier. En les mettant ici,
L'Éternel sut nous bien punir ainsi.
C'était assez pour l'humaine faiblesse,
Cette mesure est pleine de sagesse ;

Sans elle, amis, la troupe qui s'empresse
Près de saint Pierre, autour du paradis,
Déserterait les célestes lambris. »)
Enfin, l'abbé, je ne puis vous le taire,
Un siége vide était près de Voltaire,
Et j'en cherchais vainement la raison,
Quand un damné, m'abordant sans façon,
Me dit : « Voici ce que l'on en veut faire ;
On le réserve au sacristain Veuillot.
Voltaire veut prouver qu'il n'est qu'un sot,
Et son attaque à lui très-maladroite ;
Il le mettra quelque temps à sa droite,
Et le public ici pourra juger
Lequel est sage et sait le mieux parler.
Cet autre siége est aussi pour l'Église ;
C'est pour Jacquot, qui, bouffi de sottise,
A ce géant ose aussi s'attaquer. »
Enfin, enfin, oserai-je le dire ?
Un autre siége était dans cet empire,
Et, fatigué, j'allais m'y laisser choir,
Quand on me dit : « N'allez pas vous asseoir
Sur ce fauteuil, car c'est pour le vicaire
De votre endroit, » et c'est vous, mon bon père !

7

— Bon Dieu! » se dit le prêtre en se signant;
Puis aussitôt vous l'eussiez vu fuyant.
Mais en voyant le succès de sa ruse,
Le moribond, que cette fuite amuse,
Sur son séant en riant se dressa,
Et tellement rit qu'il en trépassa.

XVIII.

UN MARI COMME ON N'EN VOIT PLUS.

Chez Isabelle on parlait mariage;
Chacun disait son mot, selon l'usage;
Mais ce sujet pour madame n'avait
(Il faut le croire ainsi) que peu d'attrait,
Car doucement alors elle dormait.
On raconta qu'un marquis d'Allemagne,
Ne trouvant point assez de sa compagne,
Directement au pape s'adressa.
Ne riez pas; le fait, assez antique,
Est attesté. D'une bulle authentique
Notre saint père alors l'autorisa,
Dans l'intérêt du salut de son âme,
A prendre en plus une seconde femme,
Ce, pour suffire à son tempérament.

Sur ce madame en sursaut se réveille
(Elle dormait l'instant d'auparavant) :
« Le temps n'est plus de semblable merveille;
De tels maris, dit-elle en soupirant,
On n'en voit plus, c'est certain, maintenant. »

XIX.

LE CHOC EN RETOUR.

Le galant docteur Foret
Recevait hier la visite
D'un ami qu'il attendait.
La figure déconfite,
Celui-ci point ne parlait.
« Eh! mon ami, qu'as-tu? vite.
Lui demande alors Foret.
— Ce que j'ai! puis-je le dire?
Répond l'ami qui soupire.
L'autre jour, dans un souper,
Je me suis fait attraper.
Ah! que n'ai-je été plus sage!
Un tendron au fin corsage,
Que j'ai, par malheur, croqué,

M'a, c'est sûr, communiqué
Certain mal. — C'est la v.....,
Dit Foret, sur ma parole.
— Ah! mon cher, que me dis-tu?
C'est affreux! Depuis j'ai vu
Ma femme. Hélas! quelle affaire! »
Lors Foret, d'effroi glacé,
Oubliant ce qu'il doit taire :
« Comment! pirate, corsaire!
Mais alors je suis pincé! »

XX.

DEUX MOINES EN DÉSHABILLÉ.

Bienheureux fils de saint François d'Assise,
Piliers puissants du trône et de l'Église,
Grands cordeliers, je le dis sans façon,
Je vous admire, et c'est avec raison,
Puisque je suis aussi de la maison.
Que j'en ai vu, chez vous, de joyeux drilles,
Dans le couvent braver verroux et grilles!
De francs buveurs et compagnons paillards
Aux yeux lascifs, à la face rougie,
Gros, gras, dodus, à la panse élargie,
En flageolant suivaient les étendards
De la dondon qu'on nomme Cythérée,
De son poupon à la flèche dorée,
Et de Bacchus à la mine empourprée

De tous les feux de sa liqueur ambrée.
Au premier rang brillait, il m'en souvien,
L'ami Frocart, le plus digne soutien
Des us charmants d'une troupe d'élite,
Qui connaissait le chemin du caveau
Mieux que celui de l'église bénite,
Et qui creusa, par un art non nouveau,
Un souterrain pour pénétrer plus vite
Dans le moustier voisin, qui recélait
Les frais appas de sensibles nonnettes,
Que le prieur pour lui seul réservait,
Mais qui tentaient ses flammes indiscrètes.
Pauvre Frocart! à peine il achevait
Le souterrain, on le prit sur le fait.
Incontinent il fut mis à la porte.
« Va, lui dit-on, que le diable t'emporte!
— Merci, dit-il, j'en rendrai grâce à Dieu
Si, par hasard, je le rencontre; adieu! »
Puis il partit; et sa nef vagabonde
Fut sillonner cette plaine du monde,
Sable mouvant, plus perfide que l'onde.
Or je l'avais, hélas! presque oublié,
Lorsque je fus à Paris envoyé,

Pour recueillir une somme, laissée
Par un bandit au profit du couvent.
Parmi les flots de la foule pressée,
Silencieux, marchant tête baissée,
De mille objets mon âme était bercée.
C'est ce qui fit que j'allai brusquement
Frapper mon nez à celui d'un passant;
Il en jaillit ce colloque pressant :
« Le maladroit! — Eh! maladroit vous-même!
— Vieux bourgeonné! — Figure de carême!
— Eh! mais vraiment, c'est lui, c'est Grisbourdon,
L'honneur du froc ainsi que du cordon.
— Ah! c'est Frocart; quelle heureuse surprise!
Embrassons-nous, mon excellent ami.
Mais que fais-tu dans cette ville-ci?
— Moi, dit Frocart, je suis diacre à l'église,
Et puis galant d'une vieille marquise.
Mais toi, dis-moi ce qui t'amène ici.
— Tu le sauras; mais, mon vieux, que t'en semble?
Si nous allions d'abord dîner ensemble?
Entre deux vins, on peut mieux discourir.
Nous causerons alors tout à loisir,
Pour profiter du temps qui nous rassemble.

C'est le couvent qui paîra, mon ami ;
Ne faisons pas les choses à demi.
Allons dîner de ce pas chez Vachette.
As-tu toujours un bon coup de fourchette ?
— Bon appétit, Frocart n'en manque point ;
Puis chez Vachette il n'en est pas besoin :
Au seul fumet de sa cuisine exquise,
Le besoin vient et l'appétit s'aiguise. »

Ce qui fut dit de point en point fut fait.
Suppose-nous dans un frais cabinet,
Près d'une table abondamment servie
De vin-nectar et de mets-ambroisie,
Mangeant, buvant tous deux à faire envie,
Ami lecteur, et tu seras au fait.
Quand de l'aï la mousse petillante
Eut augmenté tous les esprits vitaux
Que le dîner portait à nos cerveaux,
Et que bourrés, gonflés de bons morceaux,
On nous servit l'infusion brûlante
Du moka pur en liqueur jaunissante,
En vrais prélats, près du foyer assis,
Chacun de nous entama maints récits.

Un bon dîner rend l'humeur expansive,
Et la pensée en une source vive
Anime alors la conversation ;
L'âme en entier se montre avec franchise,
Sans voile aucun, sans fausse intention.
Un homme à jeun quelquefois la déguise,
Mais au moment de la digestion
D'un bon repas, il fait confession
De ses péchés, penchants, mœurs et croyance.
Le sobre seul sait cacher ce qu'il pense.
Aussi, muni de ta permission,
Ami lecteur, sans hésitation
Je vais donner la conversation
Des moinillons, en toute confiance.
Témoigne-leur, vraiment, quelque indulgence,
Loin d'insulter à la sincérité.
Imite au moins le bon fils de Noé.
Il te souvient de ce vieux patriarche
Qui s'enivrait, au sortir de son arche,
Du jus du cep qu'il avait tôt planté
Pour dissiper la triste humidité.
Un mauvais fils le voyant en liesse,
Nu comme un ver, insulta son ivresse ;

Mais le bon fils, rempli de chasteté,
D'un grand manteau couvrit sa nudité.
Frocart et moi représentons Noé ;
Nous nous montrons en grand déshabillé ;
Ne soit point Cham, lecteur, à cette vue,
Et tu verras l'âme d'un moine nue.

GRISBOURDON.

Ami Frocart, conte-moi maintenant
Ce qui t'advint au sortir du couvent.

FROCART.

Je ne sentais ni tourment, ni malaise,
En m'éloignant de la triste prison ;
Libre et content, mon cœur bondissait d'aise,
Un seul regret tracassait ma raison :
C'était, mon cher, d'y laisser Grisbourdon.
Oiseau sorti de la claustrale cage,
En cheminant, je crus qu'il était sage
De dépouiller mon ancien personnage,
Et de changer de lustre et de plumage.
Je jetai donc, et d'un air de dédain,
Froc et cordon aux buissons du chemin.

Mon chapelet, inutile bagage,
L'esprit du cloître ainsi que son langage,
Eurent soudain un semblable partage.
Je ne gardai de tous mes goûts anciens
Qu'un tendre amour pour les généreux vins,
Les bons dîners et les belles catins,
Charmes puissants de nos fines parties;
Et je jetai tout le reste aux orties.
Paris m'offrit son refuge et son port;
J'y vins fixer et ma barque et mon sort,
Longtemps errant partout à l'aventure.
Chez un marchand je fus d'abord commis;
J'aimai sa femme, et je me vis admis
Avec bonheur à soigner la coiffure
De mon patron. Je l'ornais, je te jure!
Mais las! un jour, je fus par lui surpris
Dans certain cas, et très-fort compromis.
Tout aussitôt un coup de botte agile
Vint me frapper. D'une phrase incivile
Je ne vais pas te dire en quel endroit;
Tu me comprends. J'étais un maladroit,
Et le mari brutal, mais dans son droit.
Je m'enfuis donc très-vite par la ville.

Or cet échec, loin de m'inquiéter,
Me fit savoir combien un cordelier
Hors du couvent est propre à tout métier.
Comme intendant j'entrai chez une veuve
Qui fut sensible à mes attentions,
Et m'accorda plus douces fonctions.
(J'en étais digne, on le vit à l'épreuve.)
Mais cette veuve, hélas! n'était pas neuve,
Et j'y joignis, pour bien passer le temps,
Sa jeune fille, alors en son printemps,
Et sa soubrette, une rose des champs,
Morceaux de moine et des plus succulents.
Je suffisais pour trois; c'en fut la preuve.
Mon grand patron, bienheureux saint François,
Connais ton fils à ces nobles exploits!
De tes enfants, tu le sais, tu le vois,
Tels ont vaincu trois schismes à la fois,
Et tels, plus forts que les dieux et les rois,
Vont seul à seul aux luttes de Cythère,
Sans s'étonner, combattre contre trois!
Ah! fais du moins que cet acte prospère,
Et sur la terre on ne s'en plaindra pas.
Mais quoi! toujours de nouveaux embarras!

La veuve, un jour, me trouvant dans les bras
De son aimable et gentille soubrette,
Sans balancer à la porte me jette.
Deux jours après ce malheureux éclat,
Comme valet j'entrais chez un prélat.
Ce fut le temps le plus doux de ma vie.
Ce vieux chanoine à la face arrondie,
Gras et vermeil, la gorge rebondie,
Nous traitait tous assez benoîtement,
Et, qui plus est, nous payait grassement.
Ce prébendé possédait des maîtresses ;
Il leur faisait mille et mille largesses,
Ne pouvant mieux ; moi, derrière son dos,
Seul je goûtais à ces friands morceaux.
J'aurais encor ce sort digne d'envie,
Si mon prélat n'eût point perdu la vie ;
Mais il est mort. Je l'ai presque pleuré !
Diacre à l'église alors je suis entré,
Près d'un ami du prélat, bon curé
Que j'avais vu chez lui, curé d'élite,
Très-tolérant, nullement hypocrite.
Je puis encor passer quelques beaux jours
Enguirlandés par les mains des Amours

Et dont l'intrigue embellira le cours.

GRISBOURDON.

Un tel excès à l'enfer te condamne ;
Prends garde, ami, le beau sexe te damne.

FROCART.

Eh! Grisbourdon, dis-moi, d'où reviens-tu ?
Tu ris, vraiment, et tu n'as jamais cru
Pareille erreur et pareille folie ?
Si tu les crois, vrai Dieu ! je te renie.
Le Dieu des cieux est un Dieu de bonté.
Non, non, Satan n'a jamais existé.
Pour effrayer le vulgaire imbécile
Et le courber à leurs ordres docile,
Les prêtres seuls un jour l'ont inventé.
L'invention a, depuis, fait fortune :
La peur conduit tous ces pauvres humains,
La peur produit les fanatiques saints,
Mais la vertu n'en est pas plus commune.

GRISBOURDON.

Frocart, Frocart, le monde t'a perdu ;

Et jusqu'aux os je te vois corrompu.
L'inquisiteur eût brûlé tes maximes,
Cent ans plus tôt, tout comme autant de crimes,
Et par-dessus t'eût mis sur le bûcher.
Pourtant je crois, à ne te rien cacher,
Qu'il est permis sur ce point de douter.
Mais laissons là ces questions brûlantes ;
Pour les traiter nous sommes sans patentes.
Tes quelques mots, d'ailleurs, montrent très-bien
Que, perverti, tu ne crois plus à rien
De tous les points qu'au couvent l'on enseigne ;
Tu prends du monde et le ton et l'enseigne.
Mais, mon ami, quoique bien libertin,
Tu crois au moins à la vertu des femmes ?

FROCART.

As-tu fini !...

GRISBOURDON.

Cependant...

FROCART.

Tu me blâmes ?
Je n'y crois pas, le fait est très-certain.

8

GRISBOURDON.

Mon pauvre ami, que tu deviens cynique!

FROCART.

Soit! mais, vraiment, j'ai de bonnes raisons
Pour soutenir telles opinions.
Écoute au moins un fait vrai, sans réplique.
Un jour j'étais, sans froc et sans surplis,
Parmi la foule et dans l'église assis.
J'examinais, désœuvré philosophe,
Des assistants et la mine et l'étoffe;
Et le beau sexe avait surtout le don
D'intéresser mon observation
Et de fixer plus mon attention,
Quand tout à coup une femme divine,
Ange échappé des célestes lambris,
Vint apparaître à mes yeux éblouis.
Je vois encor sa figure enfantine.
Ce regard pur plein de naïveté,
Cet air décent qui sied à la beauté,
Sur son visage écrivaient *Chasteté*.
Un vieux mari (ce titre se devine

Par le maintien, la coiffure et la mine)
L'accompagnait jusque dans le saint lieu ;
Il la laissait seule au divin service,
Ne croyant pas sans doute au même Dieu,
Et je me dis : « Vers la fin de l'office
Il reviendra sans doute la chercher. »
Lors je me mis à bien l'examiner.
Or le satin ne pouvait tout cacher.
Devant ses traits, en extase je reste,
Et mon esprit imagine le reste
De ses beautés qu'un voile recouvrait ;
Peut-être même il les embellissait,
Quand à mes yeux, étonnement ! mystère !
Elle se lève après une prière,
Et d'un pas leste aussitôt disparaît
Par une porte étroite qui donnait
Sur une place, en dehors de l'église.
Des spectateurs moins grande est la surprise,
Quand brusquement s'éclipse, à l'Opéra,
Le diablotin d'un spectacle féerique,
Par une trappe, en un instant tragique.
« Certaine intrigue est, me dis-je, par là ;
Suivons la belle, et tout s'éclaircira. »

Puis, attiré par un charme magique,
Je m'élançai, pas à pas la suivis.
Faut-il, grand Dieu! dire ce que je vis?
Dans un réduit la belle était entrée,
Sur ses appas la porte était fermée,
Mais j'avais vu dans quel appartement.
A pas de loup, je monte prestement.
A la serrure en fixant ma prunelle,
Je vis alors dans les bras d'un amant
Cette beauté que je croyais fidèle.
Certes c'était un tableau très-charmant!
J'apercevais une cuisse gentille
Que découvrait l'amoureux, en prenant
Tout ce que peut accorder une fille
A celui qu'elle adore tendrement.
Soupirs, baisers, caressaient mon oreille
De leur doux bruit. D'une scène pareille,
Mon cœur ému battait à se briser.
Bientôt mes sens avec lui déménagent;
Ils croient jouir des plaisirs que partagent
Les deux amants, et je me sens pâmer,
Sur l'escalier tomber, et soupirer.
Funeste erreur et funeste délire!

En entendant qu'à la porte on soupire,
Notre galant croit qu'il est observé.
D'un saut subit il est armé, levé,
Et sur mon dos brusquement arrivé.
En un instant tombe alors sur ma tête
De coups de canne une affreuse tempête,
Ce qu'entre nous j'avais bien mérité,
Par imprudence et curiosité.

GRISBOURDON.

Comment! Frocart, tu n'as pas résisté?
Toi, batailleur d'un suprême mérite!

FROCART.

Il est très-vrai, je m'enfuis au plus vite;
Ce n'était pas pourtant par charité,
Dévotion, prouesse évangélique;
A d'autres gens ce serait ma réplique,
Mais j'ai pour toi plus de sincérité.
Ce n'était pas non plus par lâcheté,
Mais le gaillard avait la main nerveuse,
Puis les voisins auraient pu s'attrouper;
Aussi j'ai cru prudent de décamper,

En répétant : « Que la femme est trompeuse !
A sa vertu jamais je ne croirai,
Même et surtout lorsque je la verrai
Seule à l'église, ou près de mon curé. »

GRISBOURDON.

Mais une preuve, ami, qui me la donne ?

FROCART.

Vois donc ces coups gravés sur ma personne.

GRISBOURDON.

Au cabaret, où la rixe souvent
Naît et s'échauffe, on te les a peut-être
Bien appliqués.

FROCART.

      Tu plaisantes, vraiment,
Et fais semblant de ne me pas connaître :
Tu sais très-bien que là, comme au couvent,
J'en donne, mais n'en reçois nullement.

. . . .

Terminons là cette longue folie :

Ce n'est, lecteur, qu'une plaisanterie,
Mais si pourtant j'ai par quelque saillie,
En me jouant, diverti ton esprit,
J'ai bien rempli le but de cet écrit.

XXI.

LE GRENIER A FOIN.

Jeunes fermiers, écoutez bien le cas
D'un bon Normand ayant nom de Lucas.
Notre homme était simple sur toute chose,
Vous le verrez, si lisez cette glose...
Bien vite au fait! M'y voici; commençons :
Mais par quel bout? L'aventure est étrange;
Pardonnez-moi, s'il vous plaît, ces façons,
Vous en verrez sur la fin les raisons...
La scène était aux abords d'une grange,
Où l'on était à rentrer les moissons.
Depuis longtemps le garçon de la ferme,
Haut de cinq pieds, bien bâti, tenant ferme,
Aurait voulu caresser dans ses bras
De la moitié de messire Lucas

Les séduisants et robustes appas.
A chaque instant, il vous lorgnait la belle
D'une amoureuse et mobile prunelle,
Et lui rendait mille soins, chaque jour,
Dans le seul but de lui prouver son zèle.
Gervaise enfin dut se rendre à l'amour
Qui lui criblait le cœur comme une cible ;
La chair est faible et la femme est sensible.
Je ne connais d'ailleurs que les dévots,
Les vieux jaloux, les perclus et les sots,
Qui de l'amour repoussent les assauts.
Donc Baptistin (c'est notre téméraire),
Hasardant tout, vit qu'il avait su plaire ;
Jamais l'amour tourna-t-il autrement ?
Or sus, messieurs, et vite au dénoûment.
Tous les trésors de la saison d'automne,
Grains de Cérès et doux fruits de Pomone,
Par Baptistin sont reçus et pressés
Dans un grenier, l'un sur l'autre entassés.
D'un blé jauni les gerbes parfumées,
Et de nos prés les herbes tard fanées
Au bout d'un croc sont alors amenées
Par le fermier, qui les pousse d'en bas.

Pendant ce temps, la fermière Gervaise
Les regardait et se tenait à l'aise;
Ce n'était pas l'affaire de Lucas :
« Allons, dit-il, femme trop paresseuse,
Monte au grenier pour aider Baptistin
A nous tasser les gerbes et le grain. »
L'occasion était vraiment heureuse,
Car Baptistin n'était pas un amant
A laisser perdre un aussi bon moment.
L'instant d'après notre couple amoureux
Se confiait son amour et ses feux;
Et puis brûlant d'ardeurs vives, pareilles,
Ils unissaient leurs deux lèvres vermeilles
Dans un baiser des plus voluptueux.
Puis Baptistin, saisissant la fermière,
L'étend alors sur la molle litière,
Et puis, et puis... tous les deux sont heureux.
Pendant qu'ainsi Baptistin sur la paille
Avec Gervaise et de grand cœur travaille,
Le débonnaire et confiant Lucas
Se remuait, suait, soufflait en bas.
De Baptistin dirai-je la tendresse
Et de Gervaise et l'amour et l'ivresse?

Ensemble alors tout entiers aux plaisirs,
Tous deux poussaient de monstrueux soupirs,
A remuer les méchantes natures,
A diviser les pierres les plus dures,
A fendre un bœuf, à rouiller les serrures.
« Eh! mais, Gervaise, arrête donc enfin,
Lui dit Lucas; faut travailler un brin,
Mais pas tant qu'ça; d'ailleurs on se ménage.
Allons, Gervaise, en tout tu n'es pas sage,
Car avec moi jamais tu ne fais rien,
Et tu fais trop auprès de Baptistin. »

XXII.

L'ÉTONNEMENT DU PÈRE BLONDEL [1].

Dans Saint-Martin il n'était question
Que de Blondel : en voici la raison.
Ce cordelier, disait-on, quelle honte
Pour le couvent! vient d'engrosser Suzon.
Sans s'étonner en chaire Blondel monte :
« Frères et sœurs, vous vous scandalisez
Pour moins que rien. Quoi! vous vous étonnez
De ce qu'un moine engrosse une donzelle?
Mais c'est l'effet d'une loi naturelle.
Votre surprise au moins se comprendrait
Si c'eût été le moine que de fait
Eût engrossé ladite demoiselle. »

1. Imité de la reine de Navarre.

XXIII.

LA CONFESSION.

Ce temps n'est plus où les muses pucelles
De la pudeur étaient les vrais modèles;
Des mœurs du temps en suivant le sentier
Elles s'en vont se salir au bourbier
De la licence et de l'ignominie.
Elles n'ont plus cette virginité,
Rose si rare et qui leur fut ravie
Par un public insolent, hébété,
Qui du nectar ne goûte que la lie.
Et vous aussi, muse, muse, ma mie,
Vous vous laissez (j'en rougis dans mon cœur)
Descendre aux flots du torrent corrupteur;
Mais j'ai montré par trop de patience,
Changez, friponne, ou craignez que je tance

Tous vos écarts de la belle façon ;
Allons ! traitez, pour votre pénitence
Le sujet saint de la confession,
Amendez-vous, ne soyez plus lutine,
Et vous aurez votre absolution.
Dorval aimait la grosse Madeline,
Et, sur le point de devenir époux,
Comme en secret il était très-jaloux,
Voulut savoir le passé de la belle.
Ah ! que folle est des jaloux la cervelle !
Or donc voici ce qu'il imagina.
Du confesseur, le père Ramina,
Qu'il a le soin d'écarter ce jour-là,
Adroitement par lui la place est prise,
A l'heure où doit venir se confesser,
Le jour d'avant la noce, sa promise.
D'un tel moyen, fi ! que c'est mal d'user !
La belle vient qui ne sait pas la ruse,
Et dit tout bas : « Mon père, je m'accuse
D'avoir aimé. — Ma fille, on vous excuse,
Si c'est celui qui va vous épouser.
— Je suis, mon père, hélas ! bien plus coupable.
— D'un tel péché seriez-vous donc capable ?

Parlez pourtant, il ne faut rien cacher.

— Depuis longtemps Hector a ma tendresse,
Je n'ai jamais rien su lui refuser.

— Ah! scélérate! ah! perfide et traîtresse! »
Se dit Dorval en grommelant tout bas.
Puis il poursuit : « Au moins vous n'avez pas
De votre amour prostitué l'ivresse;
C'était l'effet d'une erreur de jeunesse.

— Dieu m'est témoin combien j'aimais Hector;
Mais j'adorais aussi le luxe et l'or.
Un riche amant, qui goûtait en cachette
A mes faveurs, me paya ma toilette.

— Hum! hum! sachez, ma fille, que c'est mal!
Mais, dites-moi, vous aimez ce Dorval
Que vous allez épouser? — Non, mon père,
Auprès de vous je dois être sincère;
Il est laid, sot et d'affreux caractère.

— Je ne suis pas du tout de votre avis.
Dites, au moins après le mariage,
On vous verra femme fidèle et sage.

— Par le démon l'on est souvent surpris,
Voilà pourquoi je n'oserais le dire.

— Corne de cerf! c'est assez de martyre

9

Lui dit Dorval de colère étouffant;
Ce n'est pas moi qu'il vous faut, mon enfant. »
Puis en trois bonds il est hors de l'église.
« Cet homme est fou, » dit la foule surprise.
Dorval avait pourtant bien sa raison;
Et dupe fut madame sa promise,
Qui regretta, mais trop tard, sa franchise.

.   .   .   .

Finissez donc, muse, cette chanson;
Je le vois trop, petite libertine,
On ne saurait non plus vous amender
Que de Dorval la grosse Madeline;
Je ne veux plus jamais vous écouter.

XXIV.

LE GRIVOIS PUNI.

Ce petit dieu qu'on nous peint dans l'enfance,
Joufflu, rosé, l'air badin et sournois,
Tenant en main mille traits qu'il nous lance
Sans épuiser son arc et son carquois ;
Dieu que jadis le maître du tonnerre
Suivait ainsi que tous les autres dieux,
En souverain règne sur cette terre,
Comme on le vit longtemps régner aux cieux.
En lui voyant un bandeau sur les yeux,
Combien de gens ont ri de sa puissance,
Qui, malgré tous leurs cris séditieux,
Ont dû ramper à son obéissance.
Dans son carquois sont deux sortes de traits ;
Les uns, remplis d'agréments et d'attraits,

Font à nos cœurs une douce piqûre;
Mais plus nombreux sont ceux dont la brûlure
D'un vain espoir, nous fait nous consumer
Pour un objet qui ne peut nous aimer.
Amour, souvent que ta flèche est cruelle!
L'amant sincère adore une infidèle;
Tu fais brûler pour un volage amant,
Cette beauté dont le cœur est constant.
Lorsque de traits tu criblais ma jeunesse,
Tu m'as joué bien plus d'un vilain tour,
C'est ce qui fait qu'aujourd'hui je m'empresse
De t'accuser, petit gredin d'amour.
Je vais conter le fait épouvantable
Dont contre Albert tu t'es rendu coupable.
Albert était un très-joli garçon,
Jeune étourneau que la belle saison
Voyait venir chez sa vieille cousine,
Dans ses beaux jours autrefois libertine.
Le temps nous change, hélas! c'est étonnant!
Elle passait pour prude maintenant!
Mais sans péril on triomphe sans gloire,
Nous dit Corneille et nous devons l'en croire.
Aussi c'était commune opinion

Que vertueuse elle était pour raison;
Son caractère avait beaucoup de bon,
Il n'était point celui de ces coquettes
Qui, voyant fuir leurs anciennes conquêtes,
Offrent à Dieu leurs dernières amours,
Faute de mieux lui consacrent leurs jours;
Ou bien encor de ces fausses pieuses,
Dont les propos, les langues venimeuses
S'en vont partout, déchirant le prochain,
Vieilles harpies qui n'ont plus rien d'humain.
Non, non, jamais cette vieille charmante,
Pour les défauts des autres indulgente,
Ne vous montrait ni morgue ni chagrin.
Son nom d'ailleurs semblait dire la chose,
Car il était marquise de Monrose,
Et son esprit ne fut jamais morose.
Albert aimait sa conversation,
Mais ce qui plus l'attirait auprès d'elle,
C'était sa nièce aussi vive que belle
Et qu'il aimait de grande affection.
De son côté, Louise (c'est le nom
De la beauté) nourrissait dans son âme
Pour notre Albert une pareille flamme.

L'amour se rit de la tendre pudeur,
De l'innocente et naïve candeur.
Tout doit subir ici-bas son empire ;
De la vertu vous l'avez vu sourire.
La solitude et le désœuvrement,
L'occasion, le tendre attachement,
Allaient livrer Louise à son amant.
Depuis longtemps, hardi dans son ivresse,
Il l'assiégeait comme une forteresse,
De doux propos l'entretenait sans cesse,
Et faiblement la belle résistait,
Et le galant à la fin l'emportait ;
La paille sèche est bien moins combustible
Qu'une beauté dont le cœur est sensible ;
Son cœur s'enflamme auprès d'un jeune amant,
Tel et l'on dit même plus promptement
Qu'une allumette au plus doux frottement.
Heureusement madame de Monrose,
Par son passé sachant bien cette chose,
Assidûment sur Louise veillait,
Sans le laisser aucunement paraître.
Ce fut ainsi qu'elle vint à connaître
Que le galant la nuit suivante irait

Près de la belle ; on le lui permettait !
Jurant alors de punir cette audace,
Et sans rien dire, elle enferma le soir
La jeune nièce, et vint prendre sa place
Adroitement, comme vous l'allez voir.
Notre galant pendant la nuit s'empresse,
Monte, enflammé d'une vive tendresse,
Et dans la chambre entre tout réjoui :
« Chère Louise, es-tu là, réponds ? — Oui ! »
Dit une voix faible qui part du lit.
Un seul instant, il s'arrête, il hésite,
Puis dans les draps vite se précipite.
D'un vif désir il est tout frétillant.
O jour heureux ! Tendre espoir ! doux moment !
Il va toucher enfin de son amie
Le corps charmant, et son âme est ravie !
Dans un instant il tiendra dans ses bras
Ses séduisants, ses amoureux appas.
Cette beauté, que n'eût point dédaignée
Et Raphaël et son divin pinceau,
Que Phidias certes eût enviée,
Et qu'eût sculptée en marbre son ciseau,
Est près de lui ; sa bouche triomphante

S'en va presser sa gorge palpitante,
Se promener, par un détour hardi,
Sur son sein blanc, gracieux, arrondi.
Le cœur rempli de cette douce image,
Il croit déjà bien tenir en partage
Diane pudique ou la tendre Vénus.
Entre deux draps tous leurs appas charnus
A son esprit se montrent demi-nus.
Il veut baiser cette beauté divine,
Tous ces attraits, cette taille si fine;
Ce corps semé de roses et de lis,
Il le saisit : Bon dieu! qu'il est surpris,
En ne trouvant que la peau débandée
Et le corps sec d'une vieille ridée,
Dont les appas sont détruits par le temps,
Et que les ans ont bien dévalisée
De ses attraits et de ses agréments.
Comme au contact du plus hideux reptile,
D'un saut subit et d'une fuite, agile,
Il se dérobe et tombe hors du lit,
Mais cette vieille aussitôt le poursuit.
Quelle terreur! Il reconnaît la tante
Plus laide encore en costume de nuit.

Qu'il est, hélas! trompé dans son attente.
Plein de frayeur il est conduit au lit.
« Je vous y prends, scélérat, lui dit-elle,
Ah! vous veniez corrompre mon enfant!
Pour vous punir, témoignez-moi le zèle
Qu'ici sans moi vous eussiez eu pour elle.
Allons, monsieur. — Grâce! — Le châtiment
Vous est bien dû; vite, ou sinon j'appelle. »
Il faut se rendre à tout ce qu'on lui dit.
Le pauvre Albert alors tout déconfit
Montre pourtant un sublime courage
Digne en tout point d'une tête plus sage,
Et... mais, lecteur, qui faites l'étonné,
Depuis longtemps vous avez deviné!
Vous le décrire est donc fort inutile.
Quand la marquise eut épuisé sa bile,
Quand elle crut Albert assez puni :
« Je veux vous voir, dès demain, lui dit-elle,
A ma parente et pour toujours uni.
Sinon tremblez; car demain je révèle
Votre dessein et votre châtiment.
— Ah! dit Albert, je l'aime tendrement,
Que n'avez-vous commencé par me dire

De l'épouser; c'est ce que je désire;
Je l'eusse fait et sans condition.
— Mais, dit Monrose, et la punition?
— Tendre marquise, allons, vous voulez rire,
Lui dit Albert, avec un fin sourire.
— Voyons, monsieur, vous êtes trop galant.
—Maisnon, marquise...» Ah! que fais-je vraiment?
Mon cher lecteur; j'ai terminé ma glose
Depuis longtemps, et je cause sans cause.

XXV.

LE TALENT DE BADRU.

Quelques lecteurs en perçant la surface
De mes récits, en apparence vains,
Ont aperçu de leur œil perspicace
Qu'ils sont remplis de faits contemporains
Dont leur auteur n'a voilé que la face.
C'est vrai, messieurs, je ne m'en défends pas
Dans mon printemps j'ai fréquenté le monde;
Il fut pour moi bien longtemps plein d'appas;
Mais las! nos jours s'écoulent comme l'onde,
En ne laissant que la trace des pas
Qu'ils nous font faire au-devant du trépas.
Quand des plaisirs la source fut tarie,
Je n'aspirai qu'à la tranquillité,
Et je m'en vins, au déclin de la vie,

Loin du plaisir de la société,
Que dans mon temps, comme vous, j'ai goûté,
Dont, comme moi, vous serez dégoûté,
Lorsque des ans la tunique glacée,
Sur votre dos et par le temps placée,
Vous laissera pour tout bien la pensée.
Retirez-vous alors en un couvent :
C'est ou jamais, messieurs, le vrai moment.
C'est là, c'est là, je vous le dis sans honte,
Que très-tranquille en cet instant je conte
De mon passé les souvenirs confus;
Ce pour vous plaire et me distraire en sus.
Pardonnez-moi si je suis si diffus :
C'est un défaut qu'il faut que je corrige;
Je le ferai si mon lecteur l'exige.
Mais arrivons vite à notre sujet.
(Je garantis, messieurs, que c'est un fait.)
Notre héros se nommera Coffret;
Très-joli nom, da! pour un commissaire.
Coffret aimait; à l'objet de ses feux
Depuis longtemps même il avait su plaire;
Hélas! pourtant il n'était pas heureux!
Pour assouvir ses désirs, sa tendresse,

Il eût suffi d'une nuit seulement
Près de sa belle et sensible maîtresse ;
Un sieur Coffret n'est jamais plus constant !
Son amour est un foyer dévorant,
Et qui s'éteint après contentement.
Ce n'était pas pourtant chose facile ;
La belle était femme de Lourondeau.
Il eût fallu par un moyen habile
Pour une nuit l'enlever au lourdeau.
Mais Lourondeau, jaloux, méfiant, rogue,
Gardait sa femme ainsi qu'on voit un dogue
Grincer des dents à de petits roquets
Lorsqu'en sa gueule il tient des osselets.
De son désir, qu'il ne peut satisfaire,
Il dépérit, ce pauvre commissaire.
Mais de Badru la tendresse ordinaire
Pour sa santé veille toujours sur lui ;
L'ami Badru, son fidèle émissaire,
Son second bras et son plus ferme appui,
De son chagrin découvre le mystère :
« N'est-ce que ça ? dit d'une façon fière
Le cher Badru ; pour Dieu ! laisse-moi faire,
Et je réponds du succès de l'affaire. »

Or il n'est point, de Paris à Pékin,
D'homme plus propre au métier de Robin [1]
Que ce Badru, dans l'intrigue si fin.
Ce spécialiste amène à bonne fin
Toute aventure amoureuse et galante :
Cause qu'il plaide est déjà triomphante.
Monsieur Badru, ce compère avisé,
Se met à l'œuvre en policier rusé.
A chaque instant le vieux jaloux il cerne,
Et sait bientôt tout ce qui le concerne.
Il apprend donc que d'un certain parent,
Cohéritier à figure inconnue,
Notre bonhomme attendait la venue
Pour partager les legs d'un testament.
Que fait Badru dans cette circonstance ?
Son cœur bondit de joie et d'espérance
D'abord ; et puis il écrit à l'époux :
« Cher Lourondeau, croyez, méfiez-vous !
Un ami vrai, qui sur votre honneur veille,
Secrètement ici vous le conseille.
De votre femme un séducteur galant,

1. Allusion à la chanson de Béranger : *l'Ami Robin.*

Chez vous viendra sous le nom d'un parent. »
Pour exciter la triste jalousie
Du vieil époux, il ne fallait pas tant.
Si Lourondeau bien souvent se méfie
Sans preuve aucune et sans qu'on le lui die,
Il va veiller cette fois doublement.
Quand le parent se présente vraiment :
« Ah! te voilà! séducteur! mécréant!
Murmure-t-il, arrière, chenapan! »
Le bon parent ne sait ce qu'il veut dire;
Il le regarde avec étonnement
En se disant : « Mais quel drôle de sire! »
Croit qu'on plaisante et se met à sourire.
Lors Lourondeau, de rage furibond,
Prend dans sa main un énorme bâton,
Sur le parent s'élance d'un seul bond :
De son discours c'est la péroraison.
De Cicéron toute la rhétorique
N'aura jamais de trait plus énergique,
Et le parent dut rester convaincu
Qu'il fut alors parfaitement battu.
Le parent crie : « Au secours! à la garde! »
La garde vient, les saisit et les garde

Sous les verroux jusques au lendemain.
Pendant la nuit, le galant commissaire
Tranquillement à la belle put plaire,
Et quand le fait s'éclaircit au matin
Le vieux jaloux ne se douta de rien.
Le commissaire en rit longtemps et bien.
« Ami Badru, quel excellent moyen!
Disait Coffret, frappant sur la bedaine
De son ami; tu m'as tiré de peine.
— Ah! dit Badru, ce n'était pas malin.
— Le grand talent est toujours fort modeste,
Mais, dit Coffret, ton débiteur je reste. »

XXVI.

UN MARTYR AU JAPON.

Fruit défendu, tu m'offres tant d'appas
Que bien souvent je n'y résiste pas.
Beaucoup d'humains sont dans le même cas !
C'est lui, grand Dieu ! qui jadis perdit Ève
Et maître Adam. Ma colère s'élève,
Lorsque je pense, avec quelque raison,
Qu'il nous perd tous de la France au Japon.
N'en croyez pas le moine Grisbourdon,
Mais croyez-en l'archevêque Chaudon.
Je vais narrer une galante histoire,
Que son nom seul me remet en mémoire,
Vous la croirez s'il vous plaît de la croire,
Écoutez tous, messieurs, écoutez donc ! ! !
Chaudon était un prélat du Japon...

10

Jamais abbé, voire même de Rome,
Ne fut plus chaud, plus grivois que notre homme,
Ardent surtout à dévorer la pomme
Que lui défend notre religion.
Prélat perdu par la contagion,
On le voyait voltiger près des belles
Et s'y poser ainsi qu'un papillon,
Toujours volant, caresse de ses ailes
Le thym, le lis et les roses nouvelles.
Dans ses plaisirs, le père Patouillet,
Digne confrère, incessamment l'aidait.
Si le prélat pour quelque tendre objet
Sent son cœur pris, Patouillet qu'il envoie
En homme expert sait préparer la voie.
Un jour, Chaudon lui dit : « Cher Patouillet,
Voici l'instant de réchauffer ton zèle ;
N'as-tu pas vu l'assassine prunelle
De la moitié de notre gouverneur ?
La belle a su m'escamoter mon cœur.
Je dis mon cœur... c'est un parler honnête,
Tu me comprends, mon cher, cela suffit :
A ses appas je voudrais faire fête
En me moquant de son jaloux mari.

Pour pénétrer près d'elle, négocie,
Donne, promets, charme, je t'en supplie ;
Réussis vite, il y va de ma vie. »
Je dois, ici, dire en sincérité
Que Patouillet avait pour habitude
De se payer de son métier très-rude
En ne livrant une jeune beauté
A son prélat, en toute liberté,
Qu'après avoir au morceau bien goûté.
Comme son maître, enclin à la luxure,
Il essayait d'abord chaque monture
Qu'il fournissait. Qui s'en serait douté?
Patouillet veut garder son privilége,
Alors que pour Chaudon il fait le siége
De la beauté dont il le sait épris.
Le mari vient, le trouve sur sa femme ;
Il se saisit d'une tranchante lame,
Et le paillard d'un seul coup est occis.
Chaudon ne sait comment il fut surpris,
Mais sur sa mort il répand bien des larmes ;
Et, regrettant cet ami plein de charmes,
Il lui fait dire un long *De profundis*,
Prétend qu'il vient d'entrer en paradis ;

En toute hâte il expédie à Rome
Certificat comme quoi le saint homme
Vient de mourir martyr de notre foi.
Rome est si loin! sur parole on le croi;
En grande pompe on vous le canonise;
C'est un des plus grands saints de notre Église.
Un *Te Deum* à l'autel est chanté
Pour célébrer un prêtre aussi vanté;
Et dans les airs les cloches balancées
Frappent l'écho de notes cadencées.
Tous les prélats accourent au saint lieu
S'agenouiller pour remercier Dieu !
Saint Patouillet, si leur foule t'invoque,
Un philosophe au moins de toi se moque.

Un jour Chaudon, dans un semblable cas
Que Patouillet, recevra le trépas.
L'Église, alors cette mère infaillible,
Exaltera ce grand homme invincible,
Ce pionnier des remparts de la Bible.
On le mettra dans le calendrier;
Tous les dévots s'en viendront le prier;
Son marbre saint leur rendra des oracles;

Peut-être bien vous verrez des miracles.
Béni le ciel qui fait de si grands saints !
Diront alors les idiots humains.
Seul entre tous un impie incrédule
Rira du peuple et du saint ridicule.
Les cléricaux, sur ce scandalisés,
Lui jetteront leur goupillon au nez.
Veuillot, Jacquot, en jappant de colère,
Prouveront bien à notre téméraire
Que le plus fort a toujours eu raison...
Mais tais-toi donc, diable de Grisbourdon.
Eh ! laisse en paix le saint prélat Chaudon.

XXVII.

CHASSÉ-CROISÉ

ou

LE DIABLE EST FIN.

Ma jeune plume est une écervelée
Qui va traçant de sa pointe effilée
Des traits gaillards, des contes folichons,
Et des récits tant soit peu polissons ;
Ma pauvre tête est une évaporée
Qui n'a jamais singé la mijaurée,
Et qui sera pour ce très-censurée ;
Mais en dépit d'un monde trop dévot,
Courez ma plume, et trottez mon cerveau :
Traitez ensemble un sujet tout nouveau ;
Assez sans vous en France on moralise
Dans le barreau, les journaux et l'Église ;

Vous n'êtes pas le sacristain Veuillot,
Ni Dupanloup, Bonnechose ou Jacquot.
Parler d'amour n'est pas un si grand crime!
N'établissez ni prêche ni maxime;
Que la gaîté règne dans vos discours,
Et d'aucun mot n'effarouchez les cœurs;
Contez les faits simples, d'après nature,
Et moquez-vous du vulgaire murmure.

Le diable est fin, c'est un point bien admis.
Il exerça jadis la patience
Et fit souvent broncher la continence
Des chastes saints qui faisaient pénitence
De doux péchés qu'ils n'avaient point commis.
Lucifer est plus puissant qu'on ne pense;
Vous le savez, évêques qui briguez
Des cardinaux titres et dignités.
Vous le savez vous tous qui désertez,
Gens sans pudeur, comme sans conscience,
Pour un peu d'or, d'honneurs et de puissance,
Le vrai drapeau que suivait votre enfance.
Donc il ne faut jamais jurer de rien :
Tel aujourd'hui qui marche vers le bien

D'un air vainqueur, peut-être dès demain,
Poussé par lui, prendra l'autre chemin.
C'est ce qui fait qu'une sage personne
Ne doit blâmer mon humeur folichonne,
Ne point non plus se hâter de damner
Tous les amants que je vais présenter
Et que le diable un jour sut entraîner
Au mauvais pas que je vais vous conter.
Car ce fut bien l'infernale malice
Qui les porta, contre leur volonté,
A s'égarer dans le sentier du vice,
Au crime de lèse-fidélité.
Angèle aimait un galant de son âge
Du nom d'Henri. Chacun se croyant sage
Avait juré par Dieu, par tous les saints,
D'être fidèle à l'autre pour la vie.
Mais à leur sort Satan portant envie,
Et se riant des serments des humains,
Fit trébucher leur vertu poursuivie.
Voici comment. — Dans un sombre bosquet
Une tonnelle, asile du mystère,
A nos amants, à l'abri du secret,
Parfois, le soir, de rendez-vous servait

Pour voyager au pays de Cythère.
Ce lieu charmant, qu'ombrageaient alentour
Le myrte vert, la liane flexible,
Semblait paré par les mains de l'Amour.
Tout s'y montrait langoureux et paisible.
L'astre des nuits, de son disque argenté,
Voulait en vain éclairer ce bocage,
Et sa bleuâtre et tremblante clarté,
En pénétrant à travers le feuillage,
N'en pouvait point chasser l'obscurité,
Tant il était épais ce doux ombrage !
D'un clair ruisseau le murmure léger
Seul y troublait le paisible silence,
Et les parfums exquis de l'oranger
Embaumaient l'air de leur divine essence.
C'est dans ce lieu qu'au retour de la nuit,
Par le plaisir le jeune amant conduit
Venait s'asseoir et, plein d'ardeur, attendre
La belle Angèle, ange naïf et tendre.
Mais ce bosquet frais et délicieux,
Si fréquenté de nos deux amoureux,
Fut remarqué de deux amants comme eux,
Et rendez-vous fut pris pour la nuit sombre

Par ces amants, Justine et Célestin.

Ils ignoraient l'embûche du destin

Et n'attendaient que des plaisirs sans nombre.

Or notre Henri, qui vient au rendez-vous,

Voit une forme élégante dans l'ombre :

C'était Justine; il crut que c'était vous,.

Divine Angèle; en son âme fixée

Si douce image occupe sa pensée.

Qui ne le sait, l'imagination

D'un jeune amant bat toujours la campagne;

L'objet aimé jour et nuit l'accompagne

Et fixe seul sa faible attention.

D'ailleurs, la nuit aidait à la méprise;

Inévitable était cette surprise

Pour un amant étourdi, plein de feu,

De tout capable, hormis d'attendre un peu.

Il prend Justine et vite la caresse ;

Le cœur rempli de toute sa tendresse,

De son erreur il ne s'aperçoit pas.

Il croit tenir Angèle dans ses bras,

Et de Justine embrasse les appas.

Dame Justine, en sensible personne,

A notre Henri mollement s'abandonne,

Croyant donner les plaisirs qu'elle donne
A son galant, qu'on ne privait de rien.
— Ah! pauvre Angèle et pauvre Célestin,
Que je plaindrais votre triste destin,
Si vous n'eussiez, par vos erreurs semblables,
Vous égarant dans le même chemin,
Sans le savoir, de même été coupables.
Les doux baisers, les séduisants plaisirs,
Folâtres jeux, caresses et soupirs,
Des amoureux ordinaire langage,
Étaient peu faits pour dissiper l'erreur
Où le démon dans la nuit les engage :
Erreur des sens et qui trompe le cœur.
Quand Célestin eut goûté près d'Angèle
Tout le plaisir que nous donne une belle,
Tous deux dansant vinrent à la tonnelle.
Dans le bosquet, avant silencieux,
Henri perçoit le bruit que fait leur course,
Bat le briquet[1] pour en savoir la source ;

1. Quelques personnes trouveront peut-être peu naturel de
faire battre le briquet en cet endroit du conte, où les amants
entendant du bruit devraient plutôt se cacher. Nous faisons cette
remarque pour éviter aux malins détracteurs de la faire. Quelque plaisant en trouverait de suite le motif. C'était, dirait-il,

Dieu! quel spectacle alors s'offre à leurs yeux!
Ah! qui pourrait nous peindre leur surprise
Et leur regret de la faute commise,
Leur honte enfin de l'affreuse méprise!
Le tort par eux était bien partagé;
On s'expliqua, le tout fut arrangé;
Chacun en paix rentra dans son ménage,
Y sera-t-il moins étourdi, plus sage?
Ainsi soit-il! mais ne jurons de rien,
La chair est faible et le diable est si fin!

pour jeter un peu de lumière sur la fin de ce conte. Les plaisan-
teries ne sont pas des raisons; on pourrait cependant alléguer
que l'auteur dit assez que ses héros sont des étourdis, et qu'ils
ne font là qu'une étourderie de plus : leur caractère se maintient
et la chose est vraisemblable. D'ailleurs, il ne faut être si satirique, et l'on doit passer quelques licences aux poëtes.

XXVIII.

AU PARADIS.

Ma muse folle aussi bien se promène
Dans un taudis, et sur une humble scène,
Que dans les murs d'un superbe palais;
En recueillant partout de joyeux faits.
Elle a chanté le multiple murmure
De nos cités; des couvents la luxure;
Des champs, des prés la galante aventure;
Les sots maris, les amants, les doux fers;
Et maintenant elle chante en mes vers
Du paradis les faits parfois étranges.
Je ne veux point décrire ce beau lieu
Que les élus habitent avec Dieu;
Où l'on ne voit voltiger que des anges,
Des chérubins, des saints et des archanges.

Ce paradis est trop bien fréquenté
Pour d'une muse être un instant hanté.
Je ne sais pas d'ailleurs ce qui s'y passe;
Il est trop loin et ma vue est trop basse.
Le paradis tout à fait différent
Dont nous parlons fut au point culminant
D'un théâtret tout fantasmagorique
Où l'on montrait la lanterne magique,
Ce qui faisait (je parle de longtemps)
D'un gai public les divertissements.
On n'y voit pas, on y grille, on étouffe,
Se disait-on, mais de rire l'on pouffe,
Au paradis qu'on est bien à vingt ans !
On s'y lorgnait d'une ardente prunelle,
Car des amants c'était le rendez-vous :
Chaque galant y courtisait sa belle
Malgré la mère ou le mari jaloux.
Quand on avait éteint, pour le spectacle
De la lanterne et de ses diablotins,
Un albinos eût vu bien des larcins
Qui se faisaient dans la nuit sans obstacle;
Malheur pourtant aux farceurs trop lambins !
Or, un dimanche, une vieille et sa fille

Avec Mondor se rendent en famille
A ce théâtre; Augustine est le nom
Du très-charmant et sensible tendron
Que Mondor aime; et pendant que la toile
Présente aux yeux foule de diablotins,
Et que la nuit les couvre de son voile,
Mondor commet le plus doux des larcins.
La belle y mit un peu de complaisance;
Tout ce qu'il prit était donné d'avance.
Mais ô bonheur pour eux trop passager!
Subitement on vient de rallumer,
L'ombre fait place aux feux de la lumière;
Nos deux fripons par maman sont surpris. —
La vieille vit alors, c'est chose claire,
Un gai tableau, qui n'était pas compris
Dans ceux notés sur la liste-programme;
Il lui déplut, et je le comprends, dame!

Pour excuser ce qu'ils firent, je dis
Qu'ils profitaient tous deux du paradis.
Je ne crains point pour ce de démentis.

XXIX.

UN TOUR DE MOINE.

De Loupandu la fougueuse éloquence,
Depuis dix ans damne quiconque pense
Différemment que lui : jamais prélat
N'eut un succès plus grand que celui-là.
Quand retentit sa parole sacrée,
De saints dévots la chaire est entourée
Et de l'église on assiége l'entrée.
A ses sermons je fus un jour porté
(Pardonnez-moi ma curiosité),
J'en fus puni sur-le-champ; dans sa chaire
Mon Loupandu, par degrés s'animant,
Criait, hurlait d'une voix de tonnerre
Et contre tout ce jour-là fulminant,
Au monde entier voulait faire la guerre.

Agenouillés sur les parvis comblés,
Dans le saint lieu les dévots assemblés
Courbaient l'échine, ainsi qu'on voit les blés
L'été versés aux souffles des orages,
Quand leur fureur porte au loin ses ravages.
Les cléricaux sont de terribles gens :
« Hélas! disait ce chef des pourfendants,
Frères, hélas! qu'est devenu ce temps
Où, pleins de *feu*, tous nos bons catholiques
Brûlaient pour Dieu tous ces chiens d'hérétiques
Qui maintenant ont nom libres penseurs?
Frères, contre eux déployez vos grands cœurs. »
Vraiment, disais-je à cette conférence,
C'est toi, l'ami, que l'on devrait brûler
Si tu n'étais un fol à séquestrer,
Ainsi que ceux qui te laissent parler
Contre la paix, contre la tolérance.
Or, irrité de cet affreux sermon,
J'appris un jour que ce méchant, ce drôle
Viendrait prêcher dans la sainte maison
Des Cordeliers. — J'en donne ma parole,
Tu vas payer d'un tour de ma façon,
Me dis-je alors, tes discours sans raison.

Or vous saurez, lecteur, que tous les moines,
Avant d'aller écouter un sermon,
Ont soin de faire un dîner de chanoines :
Ce contre-poids n'est point hors de saison.
Une liqueur un peu soporifique
Vint augmenter le pouvoir léthargique
D'un vin fumeux qu'on buvait ce jour-là;
Puis au sermon chacun s'achemina.
De Loupandu les bruyantes tirades
Font un effet... vraiment assoupissant,
Qui, s'ajoutant à celui des rasades,
Fait que chacun s'étire sur son banc,
Bâille, rebâille, et bientôt soupirant,
Ferme les yeux et dort profondément.
C'est vainement que Loupandu s'agite;
L'œil furibond, vainement il s'irrite,
En débitant son très-docte sermon.
Hélas! quelle est sa consternation!
Un ronflement général lui répond.
Le prieur même a laissé son menton,
Que le sommeil depuis longtemps incline,
En double rang tomber sur sa poitrine.
Son ronflement plus large et plus profond

A son troupeau semble donner le ton,
Et l'on dirait qu'allant à l'unisson
Chacun se règle à son diapason.
Très-gravement cet orchestre accompagne
Le prédicant, qui se démène en vain,
Frappant la chaire et battant la campagne.
Mais il avait aussi bu du champagne
Chez le prieur, et le sommeil le gagne
Bientôt aussi. Le dernier il s'endort.
Le jour suivant, chacun ronflait encor.
Le bon prieur le premier se réveille,
Ouvre les yeux, tend l'une et l'autre oreille,
Et se tâtant ne sait encor s'il veille :
Autour de lui pourtant chacun sommeille.
Puis lentement les moines étonnés
Ouvrent les yeux et relèvent le nez;
Et Loupandu, le dernier qui s'éveille,
Ne peut en croire encor ses sens troublés
Le bon prieur était un homme aimable,
Et quoiqu'au fond il fût bien convaincu
Que le sommeil ne leur était venu
Que du sermon, il accusa le diable
D'avoir eu part à ce fait effroyable;

Puis il conclut d'aller se mettre à table
Pour le chasser. — On suivit son avis.
Plus tard, on lui parlait de l'aventure;
Confidemment il dit à ses amis :
« Que nous ayons été tous endormis
Par son sermon, ce n'est contre nature;
Mais ce qui m'a vraiment le plus surpris,
De l'éloquence ô pouvoir trop suprême!
C'est qu'il se soit même... endormi lui-même! »

XXX.

DE CHUTE EN CHUTE.

Il n'est prison, portes, verroux, ni grilles,
Cloîtres, donjons, châteaux-forts ou bastilles
Que les galants ne viennent à briser
Pour s'introduire auprès des belles filles,
Pour les séduire, et pour les caresser.
Fermez la porte, on ouvre la fenêtre,
Et si l'on croit au nez lui fermer tout,
Notre galant est sous le lit peut-être,
Et dans la chambre on enferme le loup.
Madame Auguet, vous avez une fille,
Jeune, bien faite, élégante et gentille
Et chaque soir vous poussez les verroux
A sa chambrette; hélas! que faites-vous?
C'est bien le cas dont ici je m'occupe;

Madame Auguet, allez, vous êtes dupe.
Quand on est fille et qu'on a de doux yeux,
Le teint rosé, pied mignon, jambe fine,
Minois fripon et démarche lutine,
On doit avoir au moins un amoureux.
Même on m'a dit que vous en aviez deux,
Aux jours d'erreur de votre plus bel âge;
Puis vous croyez que votre Angèle est sage.
Détrompez-vous! Au printemps de son âge
L'amour aussi brûle son jeune cœur,
Pour un sensible et galant séducteur.
Saint-Bris partage et l'amour, le délire,
La passion qu'à sa belle il inspire;
Ce jeune amant avec elle conspire.
Fille naïve, Angèle à tout consent.
C'est ce qui fait qu'un jour adroitement
Saint-Bris pénètre en son humble chambrette;
Se dissimule au fond d'une cachette,
Puis il attend, plein d'amour et d'espoir.
La vieille vint faire sa ronde au soir,
Ne le vit point, fit entrer la fillette,
Et nos amants sont mis sous les verroux!
Tant l'Amour rit de tous les soins jaloux!

Nos deux fripons à l'ombre de son aile,
L'heureux Saint-Bris et la charmante Angèle
Aiguillonnés d'une ardeur mutuelle
Montent au lit, et glissant dans les draps,
Se livrent donc aux plus joyeux ébats.
Mais ils oublient que l'amoureux mystère,
De son tic-tac donne quelque soupçon
Au redoutable et terrible cerbère;
Car ils n'étaient séparés de la mère
Que par la mince et sonore cloison.
« Angèle, Angèle, eh! quel bruit est-ce donc?
— Je ne sais pas, maman, » répondit-elle.
Ce n'était pas une explication;
Mais la timide et folle jouvencelle
S'était troublée à cette question.
Madame Auguet, mère prudente et sage,
Veut pénétrer de ce remue-ménage
Quelle est la cause; et, se levant sans bruit,
Vient auprès d'eux dans l'ombre de la nuit,
Pour tâtonner doucement dans le lit.
Mais, ô surprise! ô transport! fureur, rage!
Elle rencontre un masculin visage
Qu'elle saisit, appelant à grands cris.

Saint-Bris alors par la barbe surpris,
Et devinant ce que ce pouvait être,
Fuit lestement, saute par la fenêtre,
Et va tomber sur le dos d'un passant,
Lequel poussé par un besoin pressant
Dans cet endroit s'était mis en posture
Pour déposer sa naturelle ordure.
Sans ce hasard, tout providentiel,
Saint-Bris eût pu se briser dans sa chute ;
Quant au bonhomme, il trouva la culbute
Qui l'étourdit un affreux coup du ciel !
Crut-il qu'un saint détaché de sa niche
Sur lui tombait, ainsi que la corniche
De la maison ? Mais, non, il ne crut rien,
Sinon qu'alors il n'était pas très-bien.
Mais, plus heureux que le poëte ancien,
Il n'avait pas du tout perdu la vie.
Blessé pourtant, il jure, appelle et crie.
Pendant ce temps tout frais et tout dispos,
Grâce à l'amour et surtout grâce au dos,
Saint-Bris s'enfuit dans le simple costume
Qui ne sert pas pour sortir, de coutume.
Madame Auguet et ses gens de maison,

Sortent enfin châtier le larron ;
Et ne trouvant lors que le pauvre diable
Jugent qu'il est du méfait le coupable :
On le dauba de la belle façon !
Faudra-t-il donc toujours que l'innocence
Soit bâtonnée au lieu de la licence ?
Ce pauvre vieux tant et si fort criait,
Que par ses cris il attira le guet.
Hélas ! hélas ! c'était trop peu de chance.
« Messieurs, dit-il, vraiment je n'ai rien fait. »
Madame Auguet, alors, expliqua comme
Près de sa fille elle avait pris cet homme,
Comme il avait de la chambre sauté,
Comme il était justement arrêté...
« Regardez-moi, leur dit pour sa défense
Le prévenu d'un air plus que piteux ;
Vrai, selon vous, ai-je bien l'apparence,
L'air, le maintien, l'âge d'un amoureux ?
— Les filles ont un bandeau sur les yeux
Dit le sergent ; suis-nous toujours, mon vieux. »
Rossé, brisé, notre pauvre bonhomme
Dut au cachot aller dormir un somme.
Pendant ce temps, le jeune et beau Saint-Bris

Avait gagné ses superbes lambris.
Et c'est ainsi souvent que la justice,
Sur l'innocent punit les traits du vice.

XXXI.

LA PAMOISON.

Quelques frondeurs ont dit que trop souvent
Nos faits grivois se passaient au couvent.
Mais que nous fait cet impuissant murmure;
Les hommes francs disent, je vous le jure :
« Si Grisbourdon, qui peint d'après nature,
Place au couvent l'indomptable luxure,
Il a raison; c'est bien la vérité. »
Ah! de ces mots que je suis enchanté!
Très-bien! messieurs, dignes êtes d'entendre
Ce qu'il advint à mon prieur trop tendre;
J'écris pour vous : nous savons nous comprendre.
Les gens sensés, ou réputés pour tels,
L'académie aux quarante immortels,
Corps aussi docte au moins que ridicule,

N'ouvrira pas mon chétif opuscule,
Pareil honneur ne m'est point réservé !
Il est pour vous, Scaligers et Saumaises,
Gens hérissés des antiques fadaises ;
Béni le ciel qui m'en a préservé !!!
Je suis moderne et j'aime assez mes aises
Dans la pensée et dans l'expression :
A ces messieurs commentaires et thèses,
Dont l'aspect seul nous cause des malaises
Et pourrait bien nous mettre en pamoison.
Pour moi j'amuse et sans prétention.
Par une erreur que de loin je déplore,
Si quelque jour un crétin du fauteuil
Dans mon écrit ose risquer un œil
Vous l'entendrez huit jours après encore
Vous répéter : « Il est fou, Grisbourdon. »
Hélas ! monsieur, je n'ai jamais dit non !
Je crois donc fort que vous avez raison.
Il est un fait que personne ne nie :
Vous concentrez dans votre compagnie
Tant de savoir, d'esprit et de génie
Qu'il n'en est plus pour le pauvre cordon
Plus pour la plume et plus pour l'espadon !

Mais finissons cette digression :
Je vois déjà mon lecteur qui s'ennuie,
Bâiller au nom seul de l'Académie,
Traiter ceci de pure litanie,
Se demander ce qu'elle signifie
Et m'envoyer me mettre en oraison.
Je m'aperçois, las! que je déraisonne!
Eh! mon lecteur, que faire de raison,
Lorsque je dois traiter la pamoison,
Une aventure et paillarde et friponne?

Frère Amouron, l'honorable prieur
Des cordeliers, homme de très-grand *cœur*,
Souvent chez lui recevait en sourdine
Une fillette à la taille divine
Qu'il annonçait comme sienne cousine.
Cousine ou non, cela ne nous fait rien;
Ce qui nous fait, c'est qu'elle était fort bien.
Or Amouron voulut auprès d'Angèle
(C'était le nom de la gente donzelle)
Cueillir un jour sur ses appas charnus
Les fruits si doux que l'on doit à Vénus.
La belle était ignorante des vices :

12

(On voit très-peu de filles si novices)
Elle écartait faiblement le vieillard
Qui la saisit en insolent paillard.
Il veut entrer au temple de Cythère,
Mais las! trop vieux, il n'est plus bien monté : -
Bientôt il tombe au bord du sanctuaire
En pamoison auprès de la beauté.
Angèle alors de peur toute saisie
Croit qu'Amouron va prendre son billet
Pour le dernier et suprême trajet.
A son secours, elle appelle, elle crie.
Frère Frocart, qui se réconfortait
Non loin de là, caché près du buffet,
Bientôt accourt. Or, en fripon insigne,
D'un seul coup d'œil, il eut examiné
Ce que c'était; n'en fut point étonné;
Puis, du prieur rival vraiment condigne,
Il ne fut point un instant occupé
Du défaillant près de lui syncopé,
Jeune et fringant, il saute sur la belle
En lui disant : « Laissez, divine Angèle,
C'est le moyen certain de ranimer
Notre prieur. Aidez à le sauver. »

La belle dit : « C'est toute mon envie. »
Et par Frocart se laissa caresser.
La pamoison ne pouvait pas durer
Au bruit qu'il font; revenant à la vie
Frère Amouron sort de sa léthargie.
Vous n'êtes pas sans avoir vu frapper
D'un dur acier les veines de la pierre;
Il en jaillit une vive lumière
Et l'amadou peut ainsi s'enflammer.
Permettez-moi, messieurs, de comparer
La belle Angèle un instant à la pierre;
Frocart sera le briquet; quand au père,
C'est l'amadou que leur choc enflamma
De jalousie et de juste colère.
D'un lourd gourdin aussitôt il s'arma,
Devint briquet à son tour et frappa.
Mon cher lecteur (si tu comprends cela),
Tu penses bien que Frocart se sauva
Et l'aventure au mieux finit par là.
Chantons ensemble un franc alleluia.

XXXII.

UN PAPE INCRÉDULE!

Bons capucins qui tonnez dans la chaire,
Et décriez notre illustre Voltaire,
Bons capucins, voulez-vous bien vous taire!
Il prêchait mieux que vous, fit plus de bien,
Et de sa vie il ne vous crut en rien.
Si sa Pucelle et son Dictionnaire
Philosophique ont fait beaucoup de bruit,
Croyez-le-bien, ils méritaient d'en faire :
C'était le jour, au milieu de la nuit
Dont vos écrits enveloppaient la terre.
Ah! qu'il sait bien, jouteur audacieux,
Tirer de l'ombre et montrer à nos yeux,
Les scélérats, fourbes astucieux,
Que l'on a vus spéculer sur les cieux.

Voici, lecteur, un fait qu'il nous raconte ;
Et les dévots vous diront à leur honte :
« Il est trop vrai, non ce n'est point un conte,
« Le cardinal Bembo l'a confirmé. »
Un jour, dit-il, Pic de la Mirandole,
Trouve le pape ; il souillait son étole
Chez une fille, entre ses bras pâmé.
Vous connaissez ce prélat malfamé,
Du vice ayant fait toutes les étapes :
C'était, messieurs, l'Alexandre des papes.
Ce jour, pendant qu'il se divertissait,
Au Vatican, sa fille était en couche.
On se disait tout bas de bouche en bouche
Que le mari n'avait pas autant fait
Que le prélat-père pour cet effet.
Tout le prouvait : du mari l'impuissance,
Les liaisons du pape et sa licence...
« Mon bon ami, dit Alexandre six,
Interpellant en riant notre Pic,
Toi qui connais très-bien notre famille,
Dis-moi qui fit cet enfant à ma fille ?
— Ma foi, dit Pic, sans doute son mari.
— Eh ! mon ami, laisse cette sottise,

Qui ne convient qu'à des pauvres d'esprit ;
Laisse-la croire aux gens de notre Église,
Mais, entre nous, les maris impuissants,
N'est-ce pas, Pic, n'ont jamais fait d'enfants.
— C'est assez vrai, mais ma raison s'incline,
Je crois que c'est par la grâce divine
Que votre gendre est père, et par la foi
On croit des faits bien plus drôles, ma foi !
Le paradis perdu pour une pomme ;
Tous les humains damnés pour un seul homme ;
Et ce serpent qui jadis nous parla ;
Au son du cor Jéricho qui croula ;
Au mont Sina, Dieu montrant son derrière
Au grand Moïse, et celui-ci sur terre
Renversé par l'éclat de sa *lumière* ;
Les fils d'Égypte occis dans leur sommeil ;
L'eau devenue un sang pur et vermeil ;
Et Josué retardant le soleil ;
Dieu choisissant, par un trait de justice,
La nation la plus féconde en vice,
Peuple honteux de voleurs, de brigands,
Et déclarant que ce sont ses enfants.
— Assez, assez, arrête-toi, de grâce, »

Disait le pape en riant comme fou.

Mais, pour si peu, Pic n'était pas au bout.

Sans s'arrêter, il vous enfile et trace

Un chapelet des prodiges divins

Que dame Église a fait croire aux humains.

Pour Alexandre, il se tordait de rire

Sur un sofa. Lorsque de son discours,

Pic, hors d'haleine, interrompit le cours :

« Voyons, reprit le pape, pourquoi dire

A Dieu qu'on croit l'impossible? Mentir,

A quoi cela peut-il donc aboutir?

— Dieu paternel! Jésus! sur ma parole,

Dit en faisant un grand signe de croix

Et reculant Pic de la Mirandole,

Vous n'êtes pas chrétien et je le vois.

— Non sur ma foi, dit le pape Alexandre.

— Eh! l'avoûrai-je à votre sainteté?

Dit Pic, toujours je m'en étais douté.

— Mon cher ami, nous savons nous comprendre. »

XXXIII.

LE CONDAMNÉ POUR UN LICOL[1].

Certain fripon, condamné
A se voir trancher la tête,
Reçoit la visite honnête
D'un bonhomme de curé.
« Mon ami, quel est ton crime?
— C'est d'avoir pris un licol.
— Pour si peu trancher un col
Me paraît peu légitime,
Lui dit le prêtre étonné,
Je vous aurais pardonné.
— Mais, reprit le condamné,
Ce qui charge un peu l'affaire,

1. Imité de Bonaventure Des Périers.

C'est qu'au licol empoigné,
Un cheval tenait. Derrière,
Un petit cabriolet
Tout doucement le suivait.
Il contenait un coffret
Précieux, puis une fille,
Puis un père de famille.
Le coffret, je l'ai volé;
Le père, je l'ai tué.
— Aï! s'écria le prêtre.
— Ensuite j'ai violé
La fille. — Scélérat, traître!
S'exclama le bon curé;
Au diable sois-tu brûlé! »

XXXIV.

LES TABLES TOURNANTES.

Vingt ans, à peine, ont sonné dans ta vie
Et les plaisirs semblent tous te chercher :
C'est le bel âge, enfant, pour chevaucher
Sur le dada charmant de la folie,
Que le vieillard ne peut plus enfourcher !
Élance-toi sur son dos; caracole;
Suis tous les bonds de sa course si folle;
Des fraîches fleurs caresse la corolle,
Couronne-toi de myrte et d'églantier,
En évitant les ronces du sentier.
Un temps s'avance, un temps d'heures moroses,
Qui de ton front doit effeuiller les roses;
Le souvenir des beaux jours écoulés
Restera seul des plaisirs envolés.

Que de regrets prépare à sa vieillesse
Celui qui perd en soucis sa jeunesse !
Mais si tu sais profiter du printemps,
Son doux parfum charmera tes vieux ans.
Temps fortuné, qui toujours sus me plaire,
Viens égayer mon déclin solitaire ;
Viens, et surtout ne me reproche rien ;
Car tu le sais, je t'ai passé très-bien.
Comme un rayon qui perce la nuit sombre
De mes beaux jours retrace-moi quelque ombre ;
Que mon lecteur te contemple en secret,
Je suis sans crainte aucune, il est discret.

Mais quelle image, un instant entrevue
Dans mon passé, vient s'offrir à ma vue.
Un soir j'étais chez mon ami d'Aumoi ;
Il s'y trouvait, à passer la soirée,
Vingt étourneaux comme lui, comme moi,
Et de beautés une foule parée,
Sexe charmant qui causait notre émoi.
C'était alors le temps d'un nouveau schisme :
On ne parlait partout que magnétisme,
Et ce sujet, non sans intention,

Vint animer la conversation.
Tel soutenait que les tables tournaient ;
Et tel disait que les sots le croyaient.
Le dogme saint de notre Trinité,
Divisa moins jadis la chrétienté
Que le sujet de savoir si le diable
Pouvait ou non faire danser la table
N'émut alors ce terrible entretien.
« En discutant comme on ne prouve rien,
Pour en sortir, il n'est, je le vois bien,
Nous dit d'Aumoi, qu'un unique moyen :
Pour s'assurer s'il est bien véritable
Qu'une assemblée aussi jeune qu'aimable
Puisse à son gré faire tourner la table
Comme la tête avec l'aide du diable,
Assemblons-nous en rond, tenons nos mains
n invoquant tous les esprits malins. »
Chacun approuve, on se place, on se serre.
Les mains, les doigts, l'un sur l'autre enlacés,
Et les deux yeux sur la table fixés.
Puis tout à coup, sainte horreur et mystère !
Tous les flambeaux sont renversés, éteints.
Pendant ce temps, par un charme magique,

La table tourne en ronde fantastique :
D'un juste émoi quelques cœurs sont étreints.
Tous les maris sont souffletés dans l'ombre,
Et fuient au loin, pâles d'un saint effroi.
Pourtant le fait n'a vraiment rien de sombre,
Car c'est un tour de notre ami d'Aumoi
Et de sa troupe; et, pendant la retraite
Des souffletés qui poussaient de grands cris,
Je ne crois pas que messieurs les esprits
Aient nullement pris leur part en cachette
Des doux larcins qui furent lors commis.
Ne sais non plus combien il en fut pris,
Mais quand plus tard on vint avec escorte
Et grand renfort de lumière à la porte,
Plus d'une belle en son cœur soupirait :
« En vérité les esprits sont honnêtes;
A tort vraiment on les croirait des bêtes. »
Chaque mari de son côté disait
Que de sa vie on ne l'y reprendrait :
Il les trouvait pour lui très-malhonnêtes.
Ainsi toujours l'avis se partageait.

XXXV.

LA SAINTE-ONULPHE.

Que j'aime à voir, sur la verte pelouse,
Danser, le soir, les joyeux villageois;
Quand chacun d'eux, frétillant sous la blouse
Autant et plus que sous l'habit bourgeois,
Saute en cadence au doux son du hautbois.
Filles, garçons plus heureux que des rois,
De nos frondeurs bravez l'humeur jalouse,
Chantez, dansez et courez même au bois
Avec l'objet chéri de votre choix;
De la nature il faut suivre les lois :
S'il est quelqu'un disant non, il se blouse.
C'était l'avis du curé de Meudon,
Et c'est celui du père Grisbourdon.
Eh! mes amis, sautillez sans façon!

Vite, en avant, le joyeux rigodon!

Quand dans mon cœur l'amour faisait ravage,
Tout comme vous, au jour de mon jeune âge,
Je courtisais les filles du village.
Souvent le soir nous dansions sous l'ombrage
Et nos soupirs agitaient le feuillage.
Ah! qu'ils sont loin les jours de mon printemps!
Plaisirs! folie! hélas! n'ont eu qu'un temps;
Mais je soutiens que celui seul est sage
Qui sait le mieux en profiter longtemps.
Mes chers amis, bons habitants des champs,
Gros-Pierre et Jean, joyeux Rogers-Bontemps,
Je ne sais pas sur quel autre rivage
Le sort vous a conduits trop loin de moi.
Mais bien souvent j'évoque votre image,
Doux souvenir qui cause mon émoi.

Un soir, c'était celui de l'assemblée
De Sainte-Onulphe, et nous dansions d'emblée,
Au son grincheux d'un maigre violon.
Gros-Pierre avait la belle Jeanneton,
Jean eut Margot et je tenais Manon.

Jean dans la danse ayant baisé sa belle,
Le mari vint et lui chercha querelle.
En un instant Jean vous eut répliqué
D'un coup de pied quelque part appliqué !
Du procédé le mari fut piqué,
Et tous les deux se prirent à la nuque ;
Le pauvre vieux y perdit sa perruque.
Jean le daubait. — Lorsque, voyant son cas,
A la rescousse accourt maître Lucas,
Qui tape Jean. — En voyant l'embarras,
Gros-Pierre et moi, nous tombons sur Lucas.
Tous les maris qui sont dans l'assemblée
Fondent sur nous. — La jeunesse ameutée
Frappe sur eux. Quelle horrible mêlée !
Et cependant, sur un tréteau monté,
Le ménestrel ne s'est point arrêté.
Si contre un autre, un chacun se mesure,
Si l'on combat, l'on frappe, l'on murmure,
S'il pleut soufflets, coups de poing, meurtrissure,
Qui les reçoit, les reçoit en mesure,
Et qui les rend, les rend avec usure !

Pourtant l'époux de Margot, qui causait

Tout ce fracas, et que Jean fustigeait
Parvient enfin à s'échapper du groupe ;
Jean le poursuit, et Lucas poursuit Jean ;
Nous poursuivons Lucas, et puis la troupe
Des maris vient, toujours nous poursuivant,
Suant, soufflant et de plus recevant
Des jeunes gens qui font arrière-garde
Des coups de pieds que souvent elle garde.
Et cependant le vieux ménétrier
Se tenait ferme et droit à l'étrier.
Tous alignés, nous courions en cadence
Et les battus entraient vraiment en danse.
Quand le curé vit la procession
Que nous formions, il crut que le démon
Nous tenait tous en sa possession.
Vite il s'arma d'un large goupillon,
Exorcisa, fit une aspersion :
Mais las ! au loin, chacun l'envoya paître,
Tout aussi bien que le garde champêtre.

Pourtant Manon, Margot et Jeanneton,
Puis à leur suite, à la fin, le beau sexe,
Que cette course au point suprême vexe,

Court au-devant des danseurs folichons.
Le chef de file aux lacs de leurs jupons
Se trouve pris; il tombe et sur l'arène
Plusieurs beautés dans sa chute il entraîne.
Les combattants à sa suite lancés
Sur les premiers tombent entrelacés,
Et pêle-mêle et danseurs et danseuses
Vont augmenter la chute et l'embarras.
Ah! Dieux! quels cris partent de cet amas!
Seul le ciel sait ce qu'on fit sous le tas.
Pour moi, messieurs... non, je ne le sais pas.
Mais les beautés paraissaient bien heureuses,
Et chiffonnés paraissaient leurs appas.

Pendant ce temps, de la voûte étoilée
La bonne Onulphe admirait l'assemblée
Qu'elle patronne. — Elle vit le combat.
Sur un rayon, l'œil humide et béat,
On dit que d'aise, alors elle pâma!

Et c'est ainsi que ma muse égrillarde
Sait égayer encor mes cheveux blancs,
Par le tableau des jours de mon printemps.

Pardonnez-moi, lecteur, si je bavarde :
C'est un défaut commun dans les couvents.

XXXVI.

LA NOBLESSE DE COQUEMPOT.

J'ai bien souvent rencontré, dans ma vie,
Des nobles fiers, stupides, arrogants;
Cent fois j'ai ri de leurs airs importants
Qui m'ont causé la pitié, non l'envie.
Eh! qu'ont donc fait, motivant leur fierté,
Ces nobles sots au blason tant vanté!
Je parîrais que messieurs leurs ancêtres
Ont combattu sous le drapeau des prêtres,
Pour conquérir la terre et le saint lieu
Qui vit verser le sang de l'Homme-Dieu!
Le chef couvert d'une antique salade,
La dague au poing, au corps un bouclier,
Troubler le monde au bruit d'une croisade,
De don Quichotte, ou de fous à lier

C'était vraiment une digne entreprise.
Je me réserve, un jour, de vous prouver
Jusqu'à quel point, messieurs, c'était sottise :
C'est un sujet que je veux bien traiter,
Mais il pourrait trop loin nous entraîner,
Pour un instant il faut l'abandonner.
Quand vos aïeux, d'ailleurs, avec courage,
Auraient, pour Dieu, bien longtemps combattu,
En quoi cela prouve-t-il davantage
Que vous ayez tout leur mâle courage,
Un ferme honneur, une droite vertu?
Sachez, aussi, qu'un titre de noblesse
Payait jadis bien plutôt la faiblesse,
Qu'il n'honorait un service rendu.
Nobles de cœur, gens de bien que j'admire,
Vous permettez, j'en suis bien convaincu,
Que devant vous je livre à la satire
Ceux plus nombreux nobles de par le cu.
Le diamant, les pierres précieuses,
Les perles, l'or, ne sauraient que gagner,
A l'examen d'un parfait joaillier,
Nous dévoilant les parures trompeuses.
Stigmatisons les noblesses véreuses,

Non par des cris et des paroles creuses,
Mais par des faits. — Le marquis Coquempot,
Bon gentilhomme et bretteur de tripot,
Un jour chez moi vint après une orgie
Me demander sa généalogie.
L'esprit ému par les vapeurs du vin,
Il avait dit au marquis son voisin,
Autant que lui de sa noblesse vain,
Qu'il se croyait d'une plus pure souche :
De là gros mots de l'une et l'autre bouche,
Et puis pari sur ce point qui les touche.
Je fus chargé de les mettre d'accord;
Et Coquempot, ignorant la science
De son blason, me remit dès l'abord
Ses manuscrits en toute confiance.
Il me priait d'établir ses quartiers
En compulsant ses titres, ses papiers.
Historien sérieux, véridique,
Je préparai le mémoire suivant,
Qui résumait chaque fait important
De ce brillant tronc généalogique.
Écoutez bien, lecteur très-indulgent,
Car plus d'un noble est fier pour tout autant.

Les Coquempot viennent du diable-à-quatre
De vert-galant, que l'on nomme Henri-Quatre.
Si me lisez, vous comprendrez comment.
Les mœurs étaient, sous ce bon roi de France,
Chacun le sait, dans les cours, en souffrance.
Ce qu'on nommait une dame d'honneur,
Était plutôt une dame de cœur,
Dont tout valet, tout seigneur et tout page,
Effrontément chiffonnait le corsage
A tous ouvert sans aucune pudeur.
De leurs amours, de leurs baisers ignobles,
Sont descendus la plupart de nos nobles.
Redressez-vous, descendants de laquais;
De vos aïeux vantez-nous les hauts faits;
Avec mépris traitez le pauvre monde,
Moi je rirai de votre souche immonde!
Donc au milieu de ces débordements,
Henri reçut, dans ses appartements,
Une beauté si douce et si facile,
Que l'on n'eût pu compter tous ses amants.
Cette donzelle était assez habile;
Voyant bientôt que sa taille annonçait,
Par sa rondeur, un enfant qui croissait,

Elle accusa le roi d'être le père
Du fruit naissant que son ventre portait.
On anoblit le mari de la mère;
C'était le moins que pouvait notre Henri.
Les gens plaisants en ont peut-être ri;
Mais, en dépit de leur rage envieuse,
Des Coquempot telle est la souche heureuse!...
Le jeune fils ayant mangé son bien,
(Celui du roi plutôt) et n'ayant rien,
D'un grand seigneur épousa la maîtresse
Et partagea sa dot et sa tendresse.
Le fils de l'un ou de l'autre, on ne sait,
Se ruina, comme tout seigneur fait,
Dans la débauche et la galanterie;
Sans sou ni maille, au sortir d'une orgie
Il prit la main d'une belle enrichie
Dans le métier qui l'avait ruiné;
Charmant métier qui fut continué!
Mais cette sainte et très-noble famille,
N'ayant, hélas! eu d'enfants qu'une fille;
Des Coquempot le nom si respecté
Allait s'éteindre en sa prospérité,
Quand un ami de madame la mère

A qui la fille était tout aussi chère
Vint se charger, en homme complaisant,
De marier cette charmante enfant.
Certain pirate assez riche eut la fille,
Lequel obtint, moyennant un impôt,
De s'appeler : marquis de Coquempot.
Rameau greffé sur l'arbre de famille,
D'un nom si grand il fut digne suppôt.

J'en étais là, dans mon docte mémoire,
Quand vint chez moi, tout à coup, le marquis.
« Eh bien? — Eh bien, monsieur, je suis d'avis
Que vous avez perdu tous vos paris.
— Comment, maraud! — Eh! lisez ce grimoire,
Et vous verrez. » Mais à peine avait-il
Jeté les yeux sur la première ligne :
« Brigand de moine, être infâme! être vil!
S'écria-t-il, tu mens, fripon insigne!
— Pardon marquis, c'est pure vérité.
— Tu mens, te dis-je, et ta témérité
A l'instant même aura sa récompense. »
Ah! j'en frémis, mon lecteur, quand j'y pense,
Se saisissant d'un bâton qu'il trouva,

Sur mon échine alors il s'escrima.

Les coups si drus résonnaient en cadence,

Que, n'écoutant que la simple prudence

Et non l'orgueil qui lui criait vengeance,

Le bâtonné (moi, messieurs) se sauva.

Il vit, trop tard, qu'il n'est pas bon de dire

La vérité sur les grands et d'en rire.

Puisse le sage avoir suivi le fil

De ce récit sans froncer le sourcil.

XXXVII.

LES CROISADES.

Ah! le bon temps que celui des croisades!
Je vous admire, héros de cavalcades,
Preux chevaliers, vous qu'on vit autrefois
Vous décorer du signe de la croix
Pour obéir aux monacales voix!
Quand un couvent vous envoyait au diable,
Vous croyiez tous gagner le paradis :
En vérité, frères, je vous le dis,
Vous étiez sots dans votre temps jadis;
Mais le couvent eut de l'esprit pour dix!
Pour un tombeau déserter la patrie,
A mi-chemin souvent perdre la vie
Sans même avoir un instant combattu;
Ou, pour son Dieu, pris, rançonné, battu,

S'en revenir mendiant, demi-nu!...
Ah! châtelains, quel sort digne d'envie!...
Pour les couvents, pour les moines du lieu!
Ils saisissaient, en rendant grâce à Dieu,
Tous vos châteaux, tous vos riches domaines.
S'ils les payaient, ce n'était qu'en neuvaines,
Pater, Ave, messes, de profundis,
Écus qui n'ont de cours qu'au paradis.
Eh bien, pourtant, ils agissaient en frères,
Car ils savaient qu'un sort beaucoup plus doux
Vous attendait dans d'autres hémisphères.
Il est patent, en dépit des jaloux,
Que s'ils privaient vos enfants de leurs terres,
C'est qu'ils étaient les amis de leurs mères,
Qu'ils remplissaient le rôle de bons pères,
Et qu'ils priaient à deux genoux pour vous.
Devant ces saints, pécheurs, inclinons-nous!

Nous n'eussions pas imité cet impie
Marquis d'Orry, qui, revenant d'Asie,
Trouva mauvais qu'un moine eût dans les bras
Ses biens, sa femme; eh! n'anticipons pas!
Ce bon seigneur partit pour les croisades,

Suivant l'avis du moine Hypocritas,
D'un Dieu de paix recruteur de soldats,
Il fit au loin mille et mille parades,
Escarmoucha. — L'effet de ces bravades
Ne rendit point les mécréants malades.
Contrairement, les compagnons d'Orry,
Après un an d'efforts avaient péri.
Il songe alors que, bien loin de l'Asie,
Il a laissé sa femme si chérie,
Sa jeune fille et sa douce patrie.
Puis il se dit : « La puissance de Dieu
Peut bien, sans moi, délivrer le saint lieu;
Au vrai bonheur je n'ai point dit adieu.
Je l'entrevois dans un lointain mirage.
Quittons, quittons cette odieuse plage;
Allons revoir les êtres si chéris
Dont les beaux yeux de pleurs étaient flétris
A mon départ, pour des moines maudits! »
La vérité, cette étoile divine,
Brillait du ciel à ses yeux satisfaits :
Il vit alors de combien de forfaits
Tous les croisés, au nom d'un Dieu de paix,
S'étaient souillés. — Repentant, il s'incline,

Jure à ce Dieu de n'écouter jamais
Du fanatisme aveugle les souhaits.
Vers son pays ensuite il s'achemine.
Dieu! que son cœur bondit dans sa poitrine
Quand il revoit les murs de son palais
Se dessiner sur la verte colline.
Le pont-levis, les tourelles, les bois,
Tout lui paraît plus brillant qu'autrefois.
Ah! que ces lieux sont pour lui pleins de charmes!
A leur aspect, il sent couler ses larmes;
Un tourbillon de souvenirs joyeux
Comme un éclair vient éblouir ses yeux.
Il vous revoit, beaux jours de son enfance,
Jours que filaient la joie et l'espérance,
Il vous revoit, alors qu'il revient nu
Dans ces beaux lieux!... Mais quel trouble inconnu
Fait qu'il s'arrête à la forêt voisine
Et que son front dans ses deux mains s'incline,
Comme un roseau par le vent abattu?
Contre la joie il se sent sans vertu.
Il veut tout voir sans être reconnu :
Il veut juger des effets de l'absence
Auprès des siens. — La nuit et le silence

Guident ses pas dans un sentier connu ;
Le cœur ému, quand tout dort il s'avance.
Il va trouver sa femme toujours belle,
Comme autrefois tendre, aimable, fidèle,
Il va revoir le fruit de leur amour,
La jeune enfant qu'il laissa sous son aile !
Dieux ! quels transports vont fêter son retour !
Il touche enfin les murs d'une tourelle.
Dans son castel il se glisse sans bruit ;
Un escalier dérobé le conduit
Discrètement à la chambre où repose
La châtelaine en son alcôve close.
Il vient au lit : ce lit, témoin discret
De leur bonheur autrefois si secret.
Est-ce une erreur ? est-ce un rêve ? il lui semble
Que des soupirs partent de ce côté :
Heureux présage, il se croit regretté !
D'émotion tout son corps brisé tremble,...
Il va parler... enfer ! damnation !!
Près d'elle était un suppôt du cordon !
C'était celui dont la vive éloquence
Avait pour Dieu stimulé sa vaillance.
« Bien des croisés sont dans le même cas,

14

Que moi, peut-être, et ne s'en doutént pas!
Se dit Orry; mais j'en aurai vengeance.
Je livrerai cette vilaine engeance,
J'en jure Dieu, de ma main au trépas!
Pour un instant, si je retiens mon bras
Prêt à frapper, c'est pour mieux le conduire.
Monstres, dans peu, je saurai vous détruire. »
Le pauvre Orry, les larmes dans les yeux,
Et la colère au cœur, sort de ces lieux.
« Ma fille, au moins, dit-il, est innocente;
Près d'elle allons calmer mon âme ardente. »
Il entre, il voit... ah! désespoir maudit!
Qu'un jeune page a partagé son lit :
Contagion des mœurs et de l'exemple!
L'œil morne et sombre, hélas! il les contemple!
« Quand ta bonté jusqu'ici m'a conduit,
Grand Dieu! dit-il, qu'une faveur dernière
Verse en mon âme un rayon de lumière;
Inspire-moi. » — Dieu reçoit sa prière.
Orry pardonne aux deux jeunes amants;
Il les conduit prononcer les serments
De l'hyménée au pied du sanctuaire.
Là, bénissant ce beau couple amoureux,

Il fait jurer au page bienheureux
Haine éternelle aux moines de tous lieux.
Ces ennemis de la capucinade,
Le lendemain s'en allaient en croisade;
Ce ne fut point une simple algarade,
Et le marquis, comme un vrai sarrazin,
Y massacra tout le moustier voisin.
Hypocritas y périt de sa main.

Ce fut un bien pour tout le genre humain,
Heureux, hélas! si ce moine malsain,
N'eût eu des fils dans le pays Romain!

XVIII.

LA NUIT DE NOCE.

POËME BADIN.

I.

Maints ont chanté les combats et la gloire
D'heureux héros conduits par la victoire;
Nous ont narré les exploits ennuyeux
De ces guerriers dont ils ont fait des dieux;
D'autres encore ont suivi Melpomène,
Astre éclatant de la tragique scène,
Mais point ne veux de leurs pinceaux usés,
De leurs tableaux en nos jours méprisés :
Laissons en paix ce qui n'est plus de mode;
Temps différent veut une autre méthode,

Et si, pour plaire en ce siècle vanté,
Il faut traiter quelque frivolité,
Suivons le goût; d'une plume légère,
Traçons récits de même caractère.

Oui mes amis, je m'en vais vous conter,
Si vous daignez un instant m'écouter,
La belle nuit du beau jour de la vie,
La douce nuit dont notre âme ravie
Garde toujours un puissant souvenir,
Qui fait rêver au bonheur, au plaisir.
La nuit de noce! O tendresse, ô mystère!
Un tel sujet n'est-il pas fait pour plaire?
Plongeons-y donc un regard indiscret;
Dévoilons-en jusqu'au moindre secret.
Si me lisez, vous, adorable fille,
Au sein vermeil, à la mine gentille,
Que la nature orna de mille attraits,
Et que l'amour va percer de ses traits,
Et vous aussi, vieille sempiternelle,
Qui fûtes belle et qui ne l'êtes plus,
Mais qui chassez les regrets superflus
Et vous riez du temps et de son aile

Retenez bien, fillettes, mes leçons;
Souvenez-vous, vieilles, de mes chansons.
Point n'est besoin, barbons, de vous le dire :
Contes joyeux, vous ne manquez de lire,
Et, pleins d'ardeur pour le fruit défendu,
A ce, garçons auront bientôt mordu.

Tendre Vénus, bienfaisante déesse,
Toi qui fais naître amour, plaisir, tendresse,
Toujours suivie et des Jeux et des Ris,
Daigne animer mes vers et mes récits.
Que Cupidon marche ici sur tes traces
Accompagné des attraits et des Grâces;
Et toi, Bacchus, soutiens ma faible voix :
Plus on a bu, plus on parle avec poids.

Noce, doux mot, exprimant douce chose,
Suivant les gens et s'entend et s'expose.
La rouge trogne, entrant au cabaret,
Croit faire noce et vous le dit tout net.
Ce gros gourmand, à la panse élargie,
Ce débauché ne goûtant que l'orgie,
Tous deux, hélas! se croient en noce, assis,

L'un d'eux à table, et l'autre en un taudis.
Aussi, lecteur, afin de nous entendre,
Ici, par noce, il vous faudra comprendre
Cette union contractée un beau jour
Par l'intérêt, la folie ou l'amour,
Et qui devrait, pour volupté suprême,
N'unir un cœur jamais qu'à 'ce qu'il aime.
Mais las! le monde en dispose autrement.
La jeune Églé prendra pour son argent
Un vieux pénard à face de satyre;
Un jeune amant calmera son martyre.
Quelque portier peut-être en jasera,
Mais le public bien sûr approuvera.
Le beau Damon est tout criblé de dettes;
Il va partout courtisant les fillettes,
Courant la dot, mais non pour les payer :
Plus sagement il prétend l'employer.
Il dorera le pompeux équipage
D'une Laïs à brillant étalage.
Mais revenons, lecteur, à notre objet,
Et, sans broncher, traitons notre sujet.

Anges rosés, aimables jeunes filles,

Que Dieu créa timides et gentilles,
Au pied mignon, aux charmes arrondis,
Vous nous menez sur terre en paradis.
Mieux que d'Éden les trop fameuses pommes,
Que vous savez ensorceler les hommes,
Par les appas de votre gai minois
Et les accents de votre douce voix!
Dans l'art heureux de plaire, de séduire,
Dame Nature a su bien vous instruire :
Vous en usez, charmants magnétiseurs;
Vous résister est impossible aux cœurs;
Puis aussitôt que l'amour nous entraîne,
De l'hyménée il faut subir la chaîne,
Chaîne de fleurs dont le poids est bien doux
Pour qui la doit partager avec vous,
La nuit de noce à l'ombre du mystère,
En savourant délices de Cythère.

Heureux maris, et plus heureux amants
Qui découvrez en ces parfaits moments,
Divine extase, innénarable ivresse!
Au pur objet que votre main caresse,
La tendre fleur de la virginité,

De la candeur et de la chasteté ;
Trésor charmant de l'entière innocence
Qui sut guider les jours de son enfance ;
Gage assuré, pour vous plein de bonheur,
Dont à sa mère appartient tout l'honneur.
Car, croyez-moi, pour conserver aux filles
Ce diamant, les mères de familles
Ont bien à faire, et pousser les verroux
Ne suffit point ; c'est moyen de jaloux :
Pendant qu'ainsi vous veillez à la porte,
Un jeune amant que le plaisir transporte
Par la fenêtre a bien souvent monté,
Du dieu d'amour et du diable escorté.
A la pudeur il faut rendre les armes,
Et faire aimer la vertu pour ses charmes :
Prêcher d'exemple est l'unique moyen
D'acheminer vos filles vers le bien.
Mais las ! voyez, n'allais-je pas vous faire,
Un vrai sermon concernant cette affaire,
Avec exorde et trois points pérorés,
D'*Ave*, d'*Agnus*, et de *Pater* semés,
Aussi, lecteur, pour garantir ma tête
De vos sifflets, un instant je m'arrête.

II.

Il vous souvient, lecteur, que j'ai promis,
Aux règles d'être indévot, insoumis :
Vous voyez bien que je vous tiens parole,
Qu'abandonnant le jargon de l'école,
Sans loi, sans suite, ainsi que nos auteurs,
Comme eux je dois trouver quelques lecteurs.
Dans mon récit point du tout didactique,
Je veux surtout être très-véridique,
Peindre, en riant, les riantes couleurs
De nos portraits, de nos us, de nos mœurs;
Que chaque trait présente un gai mirage,
Une vivante et séduisante image...
Si sur ma force, hélas! j'ai trop compté,
J'aurai pour moi ma bonne volonté;
Aussi, messieurs, je réclame d'avance,
Pour mon récit, toute votre indulgence.
Mais reprenons notre premier discours;
C'est trop longtemps en suspendre le cours.
Chacun de vous espère, en mariage,
Trouver fillette ayant son pucelage,

Pure, naïve, à l'air plein de candeur,
Dont rien encor n'ait troublé la pudeur.
C'est un désir que je comprends sans doute,
C'est un plaisir qui vaut bien qu'on le goûte,
Quand en chemin on peut le rencontrer;
Mais qui ne l'a doit savoir s'en passer.
Vous le savez, les destins de ce monde,
Font qu'ici-bas, tour à tour, à la ronde,
Nous devons tous porter corne au chapeau,
Du régiment des cocus le drapeau;
Et puisqu'il faut toujours jouer ce rôle
Avant, après, souffrez qu'on vous enrôle;
Le déplaisir n'y servirait de rien,
S'en consoler est d'un homme de bien.
Je veux, ici, vous montrer un exemple
Qui vaut vraiment que votre œil le contemple.
Un sot mari pénétrant dans le temple
Du dieu d'amour, à sa première nuit,
Crut que quelqu'un s'y était introduit
Avant la noce et par suite avant lui :
Dans le plaisir aussitôt il s'arrête;
Il jure, il crie, il menace, il tempête;
En un instant, sa frétillante ardeur

Fuit et fait place à sa grande fureur.
La jeune femme à frapper il s'entête,
Et fait pleuvoir sur sa gentille tête
Un vrai torrent d'injures et de coups;
Car rien ne peut calmer tout son courroux.
La pauvre fille est pourtant innocente,
Ne comprend rien et fuit toute tremblante.
Qu'as-tu fait là, vilain rustre brutal?
Le pucelage est un objet moral;
Physiquement, je crois, en conscience,
La main au cœur, les yeux sur la science,
Qu'il ne vaut pas la moindre attention,
Et que des fats c'est une invention.
Lis donc Buffon, il te fera comprendre
Qu'y croire encor c'est certes se méprendre.
Et de quel droit viens-tu lui demander
Ce qu'après tout tu n'as pas su garder,
Ce que tu perds comme un objet frivole?
Et ce n'est pas supposition folle,
Car, dites-moi, parmi vous, jeunes gens,
Est-il beaucoup de sages merles blancs?
De ces oiseaux, gardant leur innocence
Fuyant le vice, abhorrant la licence,

Et conservant pour la seule union
Du mariage, un cœur sans tache? Oh! non!...
Vous escomptez avant le mariage
Les seuls plaisirs qu'apprécie un vrai sage :
Plaisirs d'amour qui fuient les cheveux blancs,
Plaisirs qu'on goûte à la fleur de ses ans!
Je vous ai vus courant de belle en belle,
Ceindre d'amour la couronne immortelle,
Cueillie aux fleurs qui naissaient sous vos pas
Près de tendrons aux robustes appas.
A vos désirs vous vous livrez en proie,
Soupant, couchant chez les filles de joie;
Dans la débauche éteignant vos désirs,
Et vous livrant aux plus honteux plaisirs.
Un jour pourtant, la jeunesse est usée,
Dans le plaisir votre ardeur consumée;
On vous propose une riche union,
Très-bonne affaire et spéculation :
La refuser serait folle action.
Illusion, tu n'es plus d'aucun âge;
L'intérêt seul préside au mariage :
Il est le Dieu qu'il nous faut adorer,
Suivre en tout temps, supplier, encenser.

Fuis, tendre amour, on t'appelle faiblesse;
Elle n'est plus l'amoureuse jeunesse,
Car l'implacable et hideuse vieillesse,
Qui voit en tout la question d'argent,
A su trop bien donner ce sentiment
A la jeunesse, aux hommes d'à présent.
Mais voyez donc où m'emporte mon zèle!
Toujours, toujours digression nouvelle.
Vous avez vu, chez un peuple infidèle,
Tonner parfois un saint prédicateur,
De la morale excellent défenseur :
Tout son visage est rouge de fureur,
Et puis cent fois le cours de sa harangue
Trop s'entortille aussi bien que sa langue ;
Et son sermon tout rempli d'oraisons
Fourmille aussi de mauvaises raisons;
On les écoute ainsi que des chansons;
Puis les malins sortant disent du père :
« Ta, ta, ta, ta, prédicateur en chaire
N'écoute pas répondre l'adversaire! »
Je crains très-fort, vraiment, mon cher lecteur,
Que vous n'ayez comparé votre auteur
A ce Benoît, benêt prédicateur.

Tout bonnement, sans détours et sans ruses
Pour ce sermon je vous fais mes excuses
Et je reviens bien vite à mon objet;
Je m'en étais écarté sans sujet.

Excepté moi, tout le monde a, sans doute,
Vu, n'est-ce pas, que j'ai fait fausse route;
Qu'un vrai poëme a besoin de héros;
Que jusqu'ici je n'ai pas dit deux mots
Les concernant; je connais mes défauts :
Il est trop vrai, je suis le roi des sots;
Mais notre siècle, hélas! les favorise.
J'ai bon espoir donc pour mon entreprise,
Et, comme il vaut bien mieux tard que jamais,
Au fait, lecteur, voici que je vous mets.
Si donc, messieurs, cela ne vous chagrine,
La fiancée aura nom de Pauline,
Et puissiez-vous d'un bienveillant regard
Voir le doux nom de son amant Edgard.
Ils sont tous deux dans la fleur du bel âge;
Amour, printemps, brillent sur leur visage;
L'illusion est encor leur partage;
Et l'un et l'autre, ô sublime avantage!

Sont restés purs avant le mariage :
C'est un parti peu suivi, mais fort sage.

III.

La tendre rose, au retour du printemps,
Pleine au matin des perles de l'aurore,
Brille à nos yeux dans un jour de beau temps
Moins que Pauline aux yeux de qui l'adore.
Anges des cieux célestes habitants,
Toujours chez nous on vous a dits charmants ;
Mais pour Pauline, Edgard est mieux encore.
Vous qui savez combien sont doux les fruits
Que vont goûter nos époux assortis ;
Combien leur âme est heureuse, ravie,
Humains, humains, vous leur portez envie.
Quand cet instant paraît en votre vie,
Gardez-vous bien de le laisser passer :
Le temps qui fuit ne fait que le montrer.
Pendant qu'au fond d'une alcôve bien sombre,
La nuit protége et couvre de son ombre,
Nos deux époux et leurs plaisirs sans nombre,

15

Tel mariage étant très-peu commun,
Nous ferons bien d'en examiner un
Plus répandu. — Si le lecteur est sage,
Qu'il passe encor ce nouveau badinage
A la faveur de ce qui l'a dicté:
L'intérêt seul de toute vérité.
Notre autre exemple était pour la morale;
Mais celui-ci se rencontre toujours.
Un débauché mettant un intervalle
A ses plaisirs, à ses folles amours
Vient enterrer sa vieillesse précoce,
Près d'une belle, au grand jour de sa noce
Qui n'est pour lui qu'une affaire, un négoce,
Pour réparer le désordre commis
Dans sa fortune. « Allons, mes chers amis,
Dit-il à ceux qui le suivaient sans cesse,
Il faut bannir toute sotte faiblesse;
Enterrons-la, cette folle jeunesse,
Et pour adieux donnons-lui, mes amis,
Ce que toujours nous nous étions promis,
La veille encor de la noce affligeante,
Mais nécessaire, une nuit qui m'enchante.
Non sans regret, puisqu'il faut nous quitter,

Gais compagnons de mes jours de folie,
Aux Provençaux demain je vous convie;
Nous goûterons les douceurs de l'orgie. »
Lors tous nos fous, bien vite d'accepter,
De s'empresser à le féliciter.
Dans un salon que le luxe environne,
Le lendemain il ne manque personne.
Chaque convive à venir empressé,
Amène aussi l'objet de sa tendresse :
Des conviés le nombre ainsi doublé
N'en a que plus de vie et de jeunesse.
Les mets exquis, les vins les plus vantés
Pour nos viveurs sont en foule apportés.
Au cliquetis des chansons, des bouteilles,
Coule le jus de nos grappes vermeilles;
L'amour préside au milieu du repas
Et leur fait prendre à tous joyeux ébats.
Le lendemain, plus fatigué, plus blême
Qu'un vrai dévôt à la fin du carême,
Ce débauché se traîne languissant.
Sa nuit de noce est passée en dormant.
Mais laissons là ce tableau trop fidèle
Des mœurs du temps. La muse me rappelle

A nos époux, à nos jeunes amants
Dans cette nuit heureux et triomphants.

IV.

Nos deux époux, dans l'alcôve introduits,
D'un tendre espoir et de l'Amour conduits,
Vont de l'hymen savourer les doux fruits.
Mon cher lecteur voudrait bien à la porte,
Braquant un œil, contempler de la sorte
Les gais ébats et les folâtres jeux
De notre couple adorable, amoureux.
Vieux impotents, vous goûtez ce spectacle,
Il peut en vous opérer un miracle,
Rendre à vos sens la vie et la chaleur,
De vos vingt ans une faible lueur.
Plus d'un de vous, du trou de la serrure
Ou d'une armoire, ou d'une place obscure,
En contemplant ces tableaux enchanteurs
A réveillé ses anciennes ardeurs :
Puis, tout bouillant de sa nouvelle flamme,
Sur l'oreiller fut étonner sa femme.

On dit, hélas! qu'on ne sent bien le prix
Des doux plaisirs, des amours et des ris
Que quand le temps les use et les efface
Du poids des ans et du froid de leur glace.
Tel, quand l'hiver vient de ses noirs frimas
Tout attrister dans nos heureux climats,
Quand son manteau de neige et de froidure
A dépouillé les fleurs et la verdure,
On se souvient des beaux jours du printemps,
Et l'on voudrait en rappeler le temps.
Eh bien, vieillards, aidez ma faible plume;
Par vos récits que ma verve s'allume;
Je vais tracer les plus joyeux tableaux;
De vos regrets animez mes pinceaux.
O doux instant qu'il faut que je retrace!
La jeune femme a glissé dans les draps
Son corps charmant, orné de mille appas.
Près d'elle enfin son jeune époux prend place
Rempli d'amour, de désirs et d'audace.
Pauline alors sent monter la rougeur
Dont ceint son front une aimable pudeur.
Silencieux et les yeux en délire,
Le corps brûlant, Edgard muet admire :

Puis, murmurant des mots pleins de douceur
Il s'achemine à l'instant du bonheur.
Que de serments et de tendres caresses,
Que de baisers, de soupirs et d'ivresses
Sont à l'instant et donnés et rendus
Par nos époux de bonheur éperdus!
On pâme d'aise, ainsi que de faiblesse,
De joie on pleure ainsi que de tristesse,
Et ces soupirs, ces mots entrecoupés
Dans le plaisir de leur bouche échappés,
Font assez voir que leur âme est en proie
Aux vrais transports de la plus douce joie.
Savourez bien, jeunesse, ces plaisirs,
Laissez la bride à vos fougueux désirs :
La nuit de noce est semblable à la rose
Par le printemps et le zéphyr éclose;
Un jour suffit, hélas! pour la faner :
Puisse pour vous le parfum demeurer!

Aux craquements que le lit fait entendre
Dans les ébats du couple heureux et tendre,
Le dieu d'amour est descendu des cieux :
En souriant, il plane au-dessus d'eux.

Reconnaissant l'effet de sa puissance,
Et de ses dons la pure jouissance,
Dans son carquois il prend de nouveaux traits,
Et des amants en perce les attraits :
Redouble ainsi le feu qui les dévore;
Les fait aimer toujours et puis encore,
Et les laissant goûter jusqu'à l'aurore
De ses plaisirs les délices charmants,
Il porte ailleurs tous ses enchantements :
Faisant aimer et soupirer les belles
Adoucissant le cœur des plus cruelles.

Pourtant l'aurore au visage vermeil,
Aux champs d'azur ramenant le soleil,
Vient des époux bientôt dorer la couche.
Le couple heureux, la bouche sur la bouche,
Les bras serrés, se pressant tendrement,
Savoure encore un céleste moment.
Chaque matin, sur la terre et sur l'onde,
Descend Morphée; il visite le monde,
Pour enlever les pavots qu'il versait,
La veille au soir, quand il nous endormait.
Or il advient qu'en terminant sa ronde,

Il aperçoit nos deux jeunes époux
Tout éveillés; il s'en montre jaloux :
« Mortels, dit-il, qui bravez la nature,
Ainsi qu'à moi vous lui faites injure. »
Il dit, et verse alors à pleine main
Tous ses pavots; Pauline sent soudain
Le doux sommeil se glisser dans son sein.
Elle s'endort et l'Amour en murmure.
Mais, pour Edgard, il brave les pavots
Que du sommeil le dieu versait à flots.
L'Amour pour lui les détournait sans doute.
Il fait bientôt mettre Morphée en route,
Car chaque dieu ce jeune enfant écoute.
Fripon d'Amour, il soulève les draps
Qui de la belle enfermaient les appas.
Edgard alors, dans un tendre délire,
Voit son beau corps, et le touche et l'admire;
Toujours regarde et ne peut s'en lasser.
Ciel! quels trésors s'étalent à sa vue;
Il voit Vénus, et Vénus toute nue,
Dedans ses bras il la voit sommeiller,
Ses beaux cheveux épars sur l'oreiller.
Un feu divin anime son visage

Qui du plaisir présente le mirage;
Il voit son sein arrondi, palpitant,
Et de sa main le touche en frémissant.
Tetons charmants, faits au tour, aux bouts roses
Comme des fleurs dans Idalie écloses,
Vous invitiez les mains à vous presser,
L'œil à vous voir, la bouche à vous baiser.
L'heureux amant en regardant sans cesse
Ce corps divin, redouble de tendresse;
Point ne se lasse en voyant son beau teint
Et sa fraîcheur et sa peau de satin,
Sa taille fine et ses fesses charnues,
Sa jambe ronde et ses cuisses dodues,
Son petit pied et son torse arrondi,
Et son mollet gracieux, rebondi.
Ami lecteur, je voudrais bien vous dire,
Ce que surtout il regarde, il admire;
Charmes secrets que je ne puis nommer
Et que pourtant vous saurez deviner :
Mais on ne peut, hélas! tout imprimer.
Nous avons peint la joyeuse surprise
D'un Céladon qui trouve en sa promise
Tous les appas qu'il pouvait y trouver;

Mais autrement il pouvait arriver.

Des arts nombreux à la laideur propices

Adroitement dissimulant les vices,

Font que souvent, pour un jeune tendron,

On fait passer affreuse laideron.

Le vermillon qui couvre son visage,

Son corps serré dans un étroit corsage,

Ses faux cheveux, nattes, bandeaux, chignon,

Et ses tetons rembourrés de coton ;

Ses sourcils peints et ses dents remplacées,

Sont des laideurs habilement cachées,

Illusions que la noce détruit,

Et faux brillants qui rentrent dans la nuit,

Pour un époux qui vient se mettre au lit.

C'est là vraiment le revers de la toile ;

Sur ce côté, nous jetterons un voile.

Nous passerons aussi, mon cher lecteur,

Tous les tableaux de pareille laideur ;

Car le dégoût vous saisirait, je gage,

Si j'allais là vous présenter l'image

D'un vieux perclus, hideux et impotent,

Près d'une vierge, au lit, la caressant,

Et s'épuisant en efforts inutiles.

D'ailleurs bientôt la belle, avec raison,
Saura choisir des amants plus habiles,
Et punira du vieux la déraison.
De tels maris sont d'ailleurs fort utiles ;
Sans eux vraiment jeunesse chômerait ;
A grands périls de plus s'exposerait.
Laissons aussi cette vieille coquette
Que son argent fait encor courtiser.
Quand son amant s'en vient la caresser,
A ses écus... seuls, il conte fleurette.
Ah ! revenons à notre jeune amant,
A sa beauté tout près de lui dormant.

V.

L'astre du jour parcourait sa carrière,
Quand le sommeil te ferma la paupière,
Heureux Edgard ; puis un songe joyeux
Vers l'avenir vint diriger tes yeux.
Tu pus percer alors son sombre voile
Et contempler ta bienfaisante étoile.
Tu vis ainsi de tes jours fortunés

Tous les instants par les plaisirs ornés.
Dans ta maison que le bonheur habite
De gais enfants une troupe s'agite,
Beaux chérubins à la peau de satin,
Au teint de rose, au visage mutin,
Au doux regard, au parler enfantin.
En admirant la radieuse mère
Et les enfants qui t'appellent : « mon père; »
Que tu bénis un sort aussi prospère!
Pendant le temps que nous voyons Edgard
Vers l'avenir promener son regard,
Pauline aussi se berce d'un doux songe.
Dans le passé son âme se replonge.
Si l'un prévoit un riant avenir,
L'autre rappelle un riant souvenir.
Pauline ainsi des jours de son enfance,
Recherche alors la douce souvenance.
Ce temps heureux de l'aimable innocence
N'offre à ses yeux qu'un mirage enchanteur
D'instants conduits par la main du bonheur.
Elle entrevoit le jour, le jour suprême
Où son amant lui déclare qu'il l'aime;
Elle revoit combien ce tendre amour

Par elle aussi fut payé de retour.
Elle se plaît à contempler l'image
Du jour qui vient de combler ses souhaits
En l'unissant par un doux mariage
Au cœur choisi par elle pour jamais.
Son âme ainsi, radieuse, ravie,
Croit retrouver chaque cérémonie :
Son mariage aux bancs de la mairie,
Et du curé la bénédiction,
Et... mais lecteur, quelle discrétion
L'auteur met dans la composition
De ces tableaux. Il eût pu te décrire
Ces lieux communs qui t'auraient fait sourire;
Car, mieux que lui, tu les as vus cent fois.
Mais il s'arrête, heureux si de sa voix
Quelques accents ont déridé ta face.
Adieu, lecteur, *vale*, grand bien te fasse!

TABLE.

PARIS. — IMPRIMERIE DE J. CLAYE, 7, RUE SAINT-BENOÎT. — [999]

ERRATA.

Page 11, 2e vers, *au lieu de* : Puisque je suis, dit-il, en voyage;
  lisez : Puisque je suis, se dit-il, en voyage.

Page 123, *après le 9e vers, lisez* :

  OEillades donc commencèrent la danse :
  Puis, en tassant les gerbes qu'on lui lance,
  L'instant d'après...